Tant qu'on est tous les deux

GAËL TCHAKALOFF

Tant qu'on est tous les deux

J'AI LU

Vous vous appelez Emmanuel, vous avez quarante-trois ans. Nous nous sommes rencontrés il y a cinq ans, vous n'étiez pas encore candidat. Vous partagez la vie d'une femme exquise, je n'ai jamais cessé de la voir. Vous, je vous apercevais rapidement à ses côtés, entre deux thés, deux entremets, à l'Élysée ou ailleurs.

Un matin d'hiver, l'urgence de vous raconter tous les deux s'est imposée, comme si le Covid allait tous nous enterrer.

Alors, j'ai décidé de mettre mes pas dans les vôtres, de vous regarder tels que je ne vous avais jamais observés. À l'intérieur et à l'extérieur du Château, embarquée dans vos pérégrinations, vos déambulations diverses.

J'ai découvert que le prince et la princesse se muent parfois en Bonnie and Clyde.

Tandis que votre bien-aimée continuait à me recevoir, m'appeler, me parler, vous avez d'abord refusé que je vous couche dans un livre, cessant brutalement de me saluer, y compris lorsque je me trouvais à quelques centimètres de vous. Du jour au lendemain, j'étais devenue une inconnue.

Au fil des mois, vous avez peu à peu fait volte-face. Prenant sans doute conscience que je n'abandonnerais pas, vous m'avez adressé un clin d'œil, puis plusieurs, comme pour signifier que vous aviez compris. Le jeu de dupes aura duré près de deux ans pour aboutir au texte qui suit.

Vous êtes président de la République française, je ne suis qu'une petite souris. Nous nous vouvoyons en public, je te tutoie dans la vraie vie.

Ces pages n'étant pas privées, le vouvoiement y est de mise.

Avec toi, Brigitte, je ne parviens pas à m'y résoudre.

I

Couvade

Il y a certaines vérités que je veux rétablir, je m'exprime aujourd'hui une fois pour toutes. Ensuite, je ne prendrai plus jamais la parole. Elle n'est pas là pour moi, elle est venue pour lui, pour elle, leur histoire, leur passé, leur réalité affirmée comme ses bras fermement croisés, déterminés. Au nom du fils, elle livre les réponses aux questions que je n'ai pas préparées, pas même posées.

Françoise Noguès ne fait pas dans la dentelle.

Elle arrive en avance, avec ses lèvres en point d'interrogation, sa simplicité qui conte la progéniture, le garçon, le sang de son sang, pas le président. Elle s'installe dans mon salon, tout au bout de l'assise d'une bergère rouge, en équilibre corporel et psychique, pieds joints, mains à demi maintenues sur les genoux, coudes sur les rebords du siège, tête haute, comme si elle supportait depuis le sommet du crâne un plateau trop lourd pour elle.

Regard sentinelle, enluminure de l'enfant couronné, elle rit, elle est émue, elle se méfie, elle se confie. Ce soir, plus rien n'existe sinon son *Manu*. Ni les vibrations de mon portable, ni le thé qu'elle boira froid à l'issue de notre conversation. Elle est venue rectifier dans une révolte sourde, lissée d'urbanité.

Ce qu'elle montre. Verbe, vocabulaire sans fioritures, si ce n'est ce côté débridé, cet excès à fleur de peau, cette affectivité qui ne demande qu'à déborder. Physique, couleurs, attitudes latines. Une allure soignée, brushing bouclé sur cheveux bruns, foulard de soie à motifs noirs et blancs, prêt-à-porter sans ostentation, un chic certain. Profil racé, nez aquilin, comme lui, l'air d'un aigle bienheureux.

Ce qu'elle tait. Héroïne échappée des pages d'Albert Cohen, elle livre les détails avant l'essentiel. Sur son téléphone, les messages envoyés à son fils « Je t'admire », ou « Je la reconnais, tu portes la cravate que je t'ai offerte » ; « N'oublie pas de mettre ton manteau, il fait froid ce matin », alors qu'il est devenu président et qu'il n'a plus rien d'un enfant. Président, elle ne parvient pas à s'y faire. Un ami lui a conseillé de cloisonner, *il y a le président et le fils, il faut que vous ayez votre vie de mère*. En vain, cela ne fonctionne pas. Elle continue à *en être malade* lorsqu'il est en déplacement, craint que quelqu'un *le poignarde*, lui qui consent toujours des selfies. Elle ne le sent en sécurité qu'à l'intérieur du Palais, traumatisée par les effigies de son garçon sous la guillotine. *C'est insupportable,* elle le chuchote dans un halètement. *Moi, je lui souhaite vraiment une autre vie après l'Élysée. C'est tellement dur ce qu'il vit, ce qu'il a enchaîné, je ne sais pas qui pourrait supporter cela. Quand on se voit, il continue à me demander, « tu vas bien ? », alors que c'est moi qui lui pose la question... La seule fois où j'ai senti qu'il y avait quelque chose, c'est le matin où il m'a appelée pour m'annoncer qu'il avait le Covid, il m'a dit, « je suis fatigué ». Et ce mot « fatigué », je ne l'avais jamais entendu dans sa bouche. Quand j'ai raccroché, je me suis mise à pleurer, j'étais effondrée.*

Doucement, la pelote se déroule, la colère se contient, la sensibilité transparaît. *Ce qui a été écrit sur notre famille, sur le tempérament de Manu, sur Brigitte, est totalement faux.*

Pas de largesses. Parler, oui, mais sous condition : je ne dois pas l'interroger sur elle. Cela me rappelle quelqu'un. Il suffit de te demander comment tu vas, Brigitte, ce que tu fais, pour que tu déplaces systématiquement le curseur sur ton amoureux, *c'est difficile pour lui en ce moment*, ou *j'étais à Clichy aujourd'hui, Emmanuel a pris une décision courageuse avec l'absence de reconfinement*. Mâle adoré par deux femmes puissantes qui s'effacent devant lui, allient leurs forces pour lui. L'une l'appelle Manu, l'autre Emmanuel. La troisième, sa grand-mère, a disparu.

Pas de caresses. Tout droit planté dans mes yeux, son regard en banderilles ne baisse pas la garde, sa tessiture faite sourdine dessine les craintes, les chocs, aborde l'enfance, l'adolescence, l'amour, les amis, la réussite, la politique, tous les sujets hormis un, sur lequel elle demeure silencieuse comme un serment prêté, *la spiritualité, c'est mon joker*.

Pas de mensonges. Gloussement traduisant l'autodérision, *je vais être franche avec vous, je ne suis pas très objective, je suis rarement en désaccord avec Manu, je le défends tout le temps. Tout ce que je peux vous dire sur la politique, c'est qu'en 1981, mon ex-mari et moi avons ouvert le champagne.* Hormis cette incise, la politique ne semble pas être une obsession familiale. Étrange trait commun avec ta famille, les Trogneux, au sein de laquelle les conversations sur les sujets politiques étaient absentes, si ce n'est bannies. Françoise développe, *moi, la politique, j'ai su un quart d'heure avant que Manu en faisait. Un jour il m'a dit, « je t'appelle, je suis dans ma voiture, je vais annoncer que je suis candidat ». Je lui ai répondu, « mais comment tu vas faire, tu n'as pas de parti, pas d'argent ? ». Il a rétorqué, « maman, il y a une faille maintenant, c'est maintenant ou jamais ». J'étais persuadée qu'il allait devenir écrivain, musicien, je le voyais pianiste ou soliste. Je pense qu'il fera complètement autre chose, ensuite. Pour moi, c'est une parenthèse, la politique et le mouvement.*

J'aimerais lui répondre qu'il serait bien le seul à y renoncer. Quand on y a goûté, on y revient. Je me bâillonne. Ne pas risquer de la voir s'enfuir.

Pas de distance. Comme nombre de mères, Françoise est convaincue d'avoir enfanté un génie. Elle entremêle les images du fils prodige, les superpose, les multiplie, assoit sa singularité tout en valorisant Laurent, Estelle, cadets de la fratrie, soucieuse que chacun conserve sa part d'amour maternel. Elle a toujours su qu'Emmanuel était hors du lot. Différent, parce qu'excellent dans toutes les matières, *passant des journées à travailler, par plaisir, sans que cela lui coûte*. Différent, *dans une bulle littéraire, il aimait les livres, l'écriture*. Différent, *attiré par les gens plus âgés*. Différent, cet enfant *si attachant que toutes ses maîtresses d'école s'en souviennent, tout le monde l'adorait*. Différent, l'animal social entouré de quinze enfants pour ses anniversaires, mais n'ayant gardé aucune amitié de l'époque, contrairement à son frère, Laurent. *Manu est à l'aise en société, il a besoin de la vie sociale, mais il a aussi besoin d'être solitaire. Je suis pareille.*

Pas de mesure. Françoise se voit génitrice d'un incompris, comme un sous-titre, un refrain chantonné entre les lignes. Elle veut dire la famille soudée, traverse ses phrases en reine mère, jette du pointillisme sur les dons de son fils, le piano notamment, il jouait à Bercy, il s'y met parfois à la Lanterne. *Il peut déchiffrer n'importe quelle partition, classique ou jazz, moins il y a de public, plus il joue.* Françoise pourrait être la mère de Glenn Gould, elle ne serait pas moins fière.

Mes trois enfants sont musiciens, ils s'entendent très bien. Ils sont proches, malheureusement, ils ne se voient pas beaucoup, Manu est aspiré par son travail, on ne peut plus partager suffisamment de repas, de moments ensemble, comme on le voudrait. Moi-même, je souffre de moins le voir. Avant, on pouvait aller à l'Opéra, se retrouver à l'improviste, il m'appelait et me disait, « tu as déjeuné, dîné ? Viens ! ». Mais il y a d'autres moyens de partager. Pendant la loi Macron, j'ai suivi les débats toutes les nuits sur Internet. Comme il était au premier rang, je voyais derrière lui la tête des députés très véhéments, je lui envoyais des messages « Attention, celui-là, il prépare quelque chose. » En ce moment, on parle médecine, je peux vous dire qu'il pourrait être épidémiologiste tant il connaît la matière sur le bout des doigts.

Nous n'en doutons pas.

Pas de pardon. *Manu*. Deux consonnes et deux voyelles en boucle, elle en a plein la bouche, plein les yeux, adopte des gesticulations de conteur, charade en langue des signes, détaille les personnalités successives du fils. Débit rapide, le ton monte d'une octave. *Manu ne se protégeait pas, n'avait pas de carapace, ça lui est venu avec la politique, c'est nouveau, je m'en suis aperçue quand il était à Bercy, j'en ai parlé à Brigitte, je trouvais qu'il changeait parce qu'il ne pouvait plus être aussi libre. On dit qu'il est froid, distant, c'est tellement faux. Il fait vraiment attention aux autres, si quelqu'un l'arrête dans la rue, on pourrait croire qu'il s'en moque, alors qu'il sera capable de restituer au mot près ce que cette personne a dit, longtemps après. Cela me met hors de moi lorsque j'entends dire qu'il est arrogant. Sa capacité à se protéger est une grande force de caractère, un effort contre-nature que j'admire. Qui tiendrait avec ce qu'il endure ?*

Je dis, oui, bien sûr, évidemment. Elle n'attend pas mes relances, n'en a pas besoin, me coupe.

Françoise, fille de Manette, déplie l'origami affectif, raconte l'histoire d'une grand-mère et de son petit-fils, deux êtres hors norme dans une famille classique. On ne sait pas si la spécificité de l'enfant préexistait au lien particulier qu'il entretenait avec sa grand-mère maternelle ou si cette femme l'a révélée, accrue peut-être, en développant avec lui une affinité élective.

Germaine Noguès, née en 1916, professeure de lettres, d'histoire-géographie, directrice de collège, auteure d'un livre de géographie, a d'ailleurs vécu un certain temps chez les parents d'Emmanuel, séparée de son grand-père, cet homme *qui ne comprenait pas qu'une femme puisse travailler*.

Compteurs à zéro, révisionnismes balayés. *Depuis 2017, on a créé autour d'Emmanuel une histoire qui n'est pas du tout la vérité. Je ne reconnais pas la vie de famille qu'on a eue ni l'enfance de Manu, et surtout pas les rapports entre nous. Nous étions une famille normale mais cela n'intéresse personne de décrire une famille normale, donc il a été écrit qu'il était parti à cinq ans avec sa valise vivre chez sa grand-mère. À la lecture du premier livre, j'ai pleuré. Ensuite, les livres suivants et les médias n'ont fait que répéter l'histoire erronée. Emmanuel a eu une relation privilégiée avec sa grand-mère, ma mère. Pour moi, c'était une chance inouïe, elle lui a apporté beaucoup, notamment une culture littéraire incroyable, tout cela, sans l'éloigner de nous, bien au contraire. Elle manifestait une préférence pour Manu, parce qu'il avait une appétence littéraire que les autres n'avaient pas, mais cela n'empêchait pas ma mère d'aimer ses autres petits-enfants.*

Le rapport qu'elle avait avec Emmanuel n'a jamais entamé celui qu'il entretenait, qu'il entretient, avec le reste de notre famille. Tout a été déformé par les journalistes.

Françoise ne s'enflamme pas, elle s'indigne. Ses joues s'empourprent, ses paupières s'alourdissent entre chaque locution, soulignant quelques rides au coin des yeux, couverts d'un voile gris, diffus. Tristesse tue, marques d'accablement contrôlées. Elle décrit les vacances familiales, étés en Italie, en Grèce, en Crète, en Corse, les grands-parents paternels et maternels gardent les enfants le reste du temps, le ski dans les Pyrénées, madeleine de Proust des bambins. *Emmanuel ne partait pas seul en vacances avec sa grand-mère,* cette affirmation revient trois fois.

Soupir. Françoise se recroqueville, pédale douce, sujets, verbes, parfois sans compléments. Elle veut dire la suite, la fin, la disparition de l'idole, le deuil, se replie au fond du siège, épaules en dedans. *Manette a été malade, Manu appelait tous les soirs, c'est moi qui décrochais, qui lui passais le téléphone, même à deux heures du matin. Elle l'attendait pour dormir.*

Ni mots ni larmes. J'avance, *et votre ex-mari dans tout cela ?*

Jean-Michel Macron a, un temps, refait sa vie. Il est désormais célibataire. Dans cette famille qui fait fi des différences d'âge, le président a un demi-frère âgé de seize ans, Gabriel. En dépit des explications nuageuses, sibyllines, je comprends que Jean-Michel a eu l'âme emmêlée par la préférence manifeste de Manette. Son enfant a été choyé par un ascendant qui n'était pas le sien. Le rouge remonte aux pommettes de Françoise, *je ne veux pas parler de Jean-Michel, je peux juste vous dire qu'il m'arrive de me disputer avec lui quand il critique certains choix politiques de Manu, on déjeune ensemble de temps en temps... Pour nous, il faut travailler pour réussir, il n'y a pas de mystère. Avec mon mari, pardon, mon ex-mari, on se dit qu'on a raté certaines choses, mais on a réussi à offrir la liberté à nos enfants. Nous ne voulions pas qu'ils soient enfermés dans un profil de carrière ou dans un style de vie.*

Réussir ? Je la prends au mot, l'interpelle sur les dîners organisés dans l'appartement du XVe arrondissement, avant l'entrée d'Emmanuel en politique. Le Tout-Paris y a été reçu. Françoise assume, défend le président comme si je venais d'affirmer que son fils était un assassin. *Eh bien moi, je trouve que c'est une qualité quand on veut mener à bien une carrière, c'est tout à fait normal de recevoir, Brigitte et Manu ont franchi les étapes qu'il fallait franchir au moment où il fallait les franchir. Il était nécessaire de créer un équilibre en arrivant à Paris, c'est un microcosme complètement différent de la vie de province.*

Pendant qu'elle étaye ses souvenirs, cette phrase de Romain Gary sur l'amour maternel me revient à l'esprit, et avec elle, tout l'enfermement qu'elle induit. « Elle avait des yeux où il faisait si bon vivre que je n'ai jamais su où aller depuis. » Le *Manu* de Françoise a été couvé par plusieurs paires d'yeux, il a très bien su où faire son nid. Une telle dose d'amour engendre-t-elle une puissante capacité à aimer les autres ? À être en empathie avec eux ? Ou, au contraire, le cœur est-il si rassasié, si rempli, qu'il devient autonome, coupé du monde ?

Pas de caprices. Elle renonce à ses conditions initiales, abandonne l'interdiction qui la concerne, feuillette son parcours comme un album. Pianiste, mélomane, amoureuse d'opéra, d'arts plastiques, de lettres, Françoise, l'artiste contrariée, a préparé un certificat en pédiatrie, suivant la filière des médecins de famille comme son frère, sa sœur et deux de ses enfants, alors qu'elle aurait préféré les Beaux-arts. Les réminiscences se bousculent. Amiens, les dimanches après-midi en famille, le réfrigérateur plein, l'ambiance détendue, elle cuisine, peint, écrit, travaille, *on habitait un quartier privilégié, Manu a toujours baigné dans une atmosphère studieuse*. Elle n'évoquera pas la petite fille perdue à la naissance, avant l'arrivée d'Emmanuel. Ses enfants encore jeunes, Françoise s'occupe en décorant les murs de leurs chambres de fresques du *Livre de la jungle*, prend des cours de dessin, d'aquarelle, gagne son affranchissement par des vacations à la Sécurité sociale et l'obtention du concours afférent, alors que *ce n'était pas du tout ma tasse de thé. Je n'aurais jamais divorcé, je serais restée pieds et poings liés s'il n'y avait pas eu cela. Je ne m'en serais jamais sortie sans le soutien de mon frère... Moi, j'ai eu vingt-cinq ans de vie provinciale qui m'ont particulièrement déplu, j'avais parfois l'impression d'étouffer complètement. La vie étriquée que j'avais à l'époque ne me correspondait pas... En arrivant à Paris, je suis allée aux Beaux-arts le soir, pour apprendre à dessiner des nus-vivants.*

Elle repositionne son foulard, ses doigts, son port de tête aspiré vers le plafond, *j'aimerais que nous parlions du reste, aussi.*

Ce sera pour plus tard.

Péché originel

Tout ce qui s'est passé à Amiens reste à Amiens. Une ville comme une enclave dans vos vies. Celle de Françoise, celle de Brigitte, celle du président. Une ville comme une naissance, une racine, celle de votre amour avant d'être celle de votre origine. Une ville comme une douleur. Celle de la moyenne bourgeoisie de province occupée à épier le quotidien du voisin avant de voir le sien. Tout se sait, tout se dit, se répète, transfiguré, multiplié au quintuple.

J'ai musardé dans les rues d'Amiens comme on hume le vent pour savoir d'où il vient, j'ai traîné de bars en restaurants, des quartiers huppés à ceux qui le sont moins, de boulangeries en confiseurs, de clubs sportifs en conservatoires pour attraper une atmosphère sans guigner le détail qui m'aurait échappé.

Par hasard, j'ai trouvé ce que je ne cherchais pas. Un climat mâtiné de XIXe siècle, perceptible dans les disparités, les inégalités, les langues qui se tordent, les regards en biais à travers les persiennes des belles demeures, les ruelles si étroites que l'on sait tout de la maison d'en face, des halles de la place du marché à la porte cochère d'un immeuble. Les raisons pour lesquelles vous aimez tant *Madame Bovary* surgissent ici, dans « l'insuffisance de la vie », comme l'écrit Flaubert, dans le parallélisme de destins enchaînés, étouffés, arrimés malgré eux à la petitesse des points de vue. Ceux dont on veut absolument s'affranchir. Emma en est morte, vous y êtes parvenus.

Tout cela n'est pas propre à Amiens. Il en est ainsi ici comme ailleurs. Lorsqu'une partie de la population appartient à un socle économiquement favorisé, c'est le lieu où tout s'abîme.

Au fil de mes errances amiénoises, plusieurs personnes m'ont guidée vers une femme d'un certain âge. Après quelques échanges téléphoniques, celle-ci m'a invitée à boire le thé dans sa maison de brique rouge. Elle connaît bien, et depuis toujours, les familles Macron et Trogneux. Elle a été témoin des perversités et des commérages à votre endroit. Elle est attachée à vous parce qu'elle vous admire. Ce n'est pas le couple présidentiel qui force son respect, c'est la passion qui surmonte la tempête. Dépasser la rumeur, coûte que coûte, résister, se construire et s'enfuir. *Ils l'ont fait.* Cette femme préfère garder l'anonymat, elle craint *les Amiénois, pas le président*.

Cheveux grisonnants, robe fleurie, intérieur jauni au goût certain, meubles anciens, tapis persans, piano quart de queue dans son salon, livres accumulés, débordant des étagères par centaines. Elle dispense ses analyses, saupoudre son vécu par pincées, comme des vérités que je supposais sans les pointer.

Emmanuel passait son temps chez Brigitte. Nous savions tous qu'il était dans la même classe que Laurence, la fille de Brigitte, nous avons donc cru qu'il était amoureux de Laurence. Et puis, un jour, tout le monde a su. Quelqu'un a surpris leur connivence, je crois que c'était un homme qui travaillait au lycée La Providence. Il ne se passait rien entre eux à l'époque, physiquement, j'en suis presque sûre. Mais il était évident qu'Emmanuel était attiré par Brigitte, totalement sous son charme, c'était visible dans la manière dont il la regardait… Il n'était pas le seul à être aimanté par elle. Brigitte était renversante de fantaisie, de drôlerie, de culture. C'était une femme passionnée, audacieuse.

Elle attrape un téléphone portable première génération, me montre les messages bienveillants qu'elle échange avec ses amis vous concernant, pour prouver sa sincérité, peut-être.

Sur le coup, personne n'a vraiment cru à la possibilité d'une histoire entre eux, ils ont vingt-quatre ans d'écart, Brigitte avait une vie de famille, un mari, des enfants. Il n'était pas anormal qu'un jeune garçon s'amourache d'elle, ils étaient plusieurs dans ce cas. Mais l'année précédant le départ d'Emmanuel pour Paris, nous avons été quelques-uns à comprendre qu'ils étaient vraiment amoureux, nous nous sommes tus – ceux qui les aimaient tous les deux – pendant qu'Amiens jasait. Nous supposions qu'ils vivaient l'enfer avec leurs familles respectives.

Lorsqu'il était en classe de terminale à la capitale, Emmanuel revenait à Amiens les week-ends, il continuait à fréquenter Brigitte. Elle allait aussi le voir à Paris… Je ne sais pas comment ils ont fait pour sauvegarder leur amour, pour s'en sortir.

Elle caresse un petit chien beige qui a l'air d'un rat, le prend sur ses genoux, vraisemblablement gênée. *Je ne suis pas du même bord politique qu'Emmanuel mais j'ai quand même voté pour lui en 2017. J'ai mis mon bulletin dans l'urne parce que je me suis dit que c'était la seule chose qui pourrait réparer tout ce qu'ils avaient enduré, pendant si longtemps. Le jour où il a été élu président de la République et que je les ai vus tous les deux au Louvre dans mon téléviseur, j'ai éclaté en sanglots. Je me suis dit, « c'est pas possible, ils ont réussi à faire accepter leur différence à la France entière ». C'était un sacré bras d'honneur à leur passé, une belle revanche sur tout ce qui s'est passé ici. Je reste convaincue que c'est la seule raison qui a poussé Emmanuel à se faire élire. Il n'était pas vraiment fait pour la politique, c'est un littéraire pur jus, son ambition était artistique, depuis l'enfance. Mais devenir président, c'était le seul moyen de faire reconnaître son couple, cet amour que tout le monde voulait lui interdire.*

En parlant, elle essuie discrètement quelques larmes d'un mouchoir. *Vous pouvez écrire tout ce que je viens de vous raconter. De toute façon, depuis qu'il est élu, évidemment, plus personne ne critique leur relation à Amiens. Leur méthode a bien fonctionné. Brigitte est devenue l'idole locale alors que les Amiénois ont passé des années à la traîner dans la boue. Ils ne s'en souviennent même plus, ils sont amnésiques dans cette ville. Non, mais vous rendez-vous compte du couple présidentiel qu'on a en pleine époque MeToo,* Le Consentement *et tout ça ? Ils sont forts quand même.*

Pendant que je ramasse ma veste, un chat tigré miaule devant la porte. Elle lui ouvre, se retourne vers moi, *et il y a autre chose aussi. Moi qui connais bien La Providence, eh bien je peux vous dire qu'Emmanuel a passé plus de dix ans chez les jésuites et qu'on n'en ressort pas indemne. Ça vous change un homme. Cette forme d'éducation lui a sans doute donné l'idée de cette revanche magistrale.*

*
**

Je ne vous ai jamais confié, ni à l'un ni à l'autre, ce que m'avait relaté cette femme. Je ne suis plus retournée à Amiens. Mais j'ai relu *Madame Bovary*. Tout y est couché, reproduit dans les moindres détails. Un siècle et demi avant votre histoire.

La leçon

Contre l'une des fenêtres entrouverte, la brise agite la cordelette d'un store sur la vitre, battant la mesure de vies opposées. La tienne, la leur.

Les pieds chevillés au sol par des vis invisibles sous les bottines de daim bleu nuit, tes bras réalisent des tourniquets, tes mains flanquent des claques silencieuses dans le vide, ton poing gauche frappe ta paume droite à chaque idée forte, ta voix alterne les éructations, les éclats sous l'emphase de certains paragraphes, les murmures chuchotés au rythme des passages émouvants, ton petit corps se dresse, danse d'un pied, d'une hanche sur l'autre, habite, chahute les textes comme une comédienne de spectacle de rue transportée à la Comédie-Française. Tu dis, *lisez à voix haute devant un miroir, si vous vous endormez, ce n'est pas bon signe, la lecture, c'est physique, c'est un combat !*

Tu n'enseignes pas la littérature, tu es Mme de Rênal, Julien Sorel et Emma Bovary réunis, ressens, vibres, craches, cries les personnages. Les auteurs qui les ont imaginés se succèdent dans ta silhouette d'Abyssin soudain masculinisée sous le coup de la brutalité, de la violence d'un amour. Celui de l'écriture.

« Elle était l'amoureuse de tous les romans, l'héroïne de tous les drames », écrivait Flaubert.

À vingt-quatre kilomètres de la tour Eiffel surgit en toi une autre femme que je ne connais pas. Nous sommes dans une salle de classe, sur le campus de l'école LIVE que tu as créée à Clichy-sous-Bois, en Seine-Saint-Denis. Ce laboratoire pédagogique, financé non par l'Éducation nationale mais par LVMH, offre un enseignement dans les matières fondamentales, un accompagnement pour retrouver, réinventer des chemins professionnels, encadrer la confiance en soi, un tremplin pour les exclus du système. Ceux qui n'ont ni diplôme, ni formation, ni emploi depuis plus de douze mois, âgés de plus de vingt-cinq ans.

Tu distribues des photocopies recto verso, extraits de chapitres en noir et blanc, *bonjour à ceux que je connais déjà et aux autres, on peut faire un petit tour pour que chacun se présente, me dise ce qu'il a envie de faire ?* Des voix timides ânonnent, *j'aimerais passer mon permis poids lourd, être assistante médicale, plombier, interprète, j'étais employé dans un libre-service, je voudrais y retourner...* Ils sont une quinzaine parmi les cent que compte cet institut, ils se sont inscrits à ton cours sans savoir qui le dispenserait. Tu interviens chaque mois, mais tes venues sont tenues secrètes jusqu'au dernier instant.

Tu leur poses des questions sur leur futur, jamais sur leur passé, reprends, *aujourd'hui, on va parler des incipits dans la littérature du* XIXe *siècle, moi, c'est ma passion le* XIXe *siècle, j'aimerais la partager avec vous. Bon, si vous achetez un roman, qu'est-ce que vous savez ? C'est une fiction qui prétend représenter la réalité, et à quoi sert un roman ? À connaître le monde, l'homme, le romancier. Lorsque vous entrez dans une librairie, sur l'incipit, c'est-à-dire sur la première page du livre, et sur la quatrième de couverture, vous achetez si cela vous plaît. L'incipit, c'est un pacte de lecture, qui-quand-quoi-comment-où, vous devez vous situer, vous voyez, avec* Le Rouge et le Noir, *on va entrer dans Verrières, on va connaître Verrières par cœur, eh bien figurez-vous que Verrières n'existe pas !*

Tu lis le début du roman de Stendhal, le mimes, le joues, l'incarnes comme s'il s'agissait d'une pièce de théâtre.

Pantalon moulant, veste sombre, tu as enfermé quelques mèches dans une barrette ordinaire, juste au-dessus de la nuque, coupé tes ongles à ras, retiré ton vernis, une large bague aux croisillons d'or dévore ton majeur droit jusqu'à la phalange, seule trace d'une Cléopâtre échappée d'Égypte.

Les élèves tiennent les passages en main, interviennent en réponse à tes questions, *c'est quoi un zoom ? Qu'est-ce qui crée la dynamique ? En quoi la façon de décrire Verrières le rend vivant ? Je voudrais que vous tentiez de me montrer que c'est un paysage de carte postale. Regardez ce que font les jeunes filles, elles sont tout près du marteau, et que fait Stendhal ? Il vous présente le cadre et après, Julien va arriver.*

Comme un griot, tu expliques le roman d'apprentissage, l'évocation, les projections, les déceptions des personnages, *ils ont tous été brisés par l'espoir qu'a suscité Napoléon, est-ce qu'on a le droit de sortir de sa condition sociale au* XIX*e siècle ? Vous allez acheter le livre ?* Mustapha demande, *ça finit mal ?* Une jeune fille, *c'est une romance ?* Il leur aura fallu moins de dix minutes pour s'émanciper, écraser l'embarras, la gêne, l'hésitation, oublier que tu es la première dame de France. Brigitte Macron a disparu, c'est désormais une professeure à laquelle ils s'adressent, coupent la parole.

Texte suivant. Madame Bovary, *pour moi, c'est le monument du roman, Flaubert vous enferme tellement dans son écriture que vous ne pouvez pas en sortir. Dans Bovary, vous avez bovin et ovaire, c'est volontaire, c'est une peinture de la médiocrité en province que Flaubert a voulu faire, c'est à la fois traditionnel et original.*

Tu entames la lecture de l'incipit tout en pointant ce que suggèrent les locutions sur ta propre anatomie, la longueur de la veste sur tes cuisses, la casquette de Charles Bovary sur ta tête. De temps à autre, tu t'arrêtes pour ajouter une remarque, *en une phrase, c'est terminé, toc ! Ça, c'est le génie ! Faites attention à la coiffure, la science de la casquette, je vais employer un mot barbare, cela s'appelle de la métonymie.*

À la fin de l'extrait, tu conclus, *voilà, c'est déjà fini pour Charles Bovary, on comprend que ça va être difficile pour lui, on peut parler de harcèlement*. Tu insistes sur les changements de pronoms utilisés par le narrateur, interroges la classe sur le vocabulaire décrivant l'action, *est-ce qu'on peut avoir de l'empathie pour lui ? C'est un portrait à charge. La métonymie, Flaubert l'utilisera encore sur la pièce montée lors du mariage de Charles… On a un incipit qui suscite des interrogations, Emma pense épouser un héros de roman mais, petit à petit, ça va être compliqué parce qu'elle a rêvé sa vie. Vous notez aussi la cruauté ? Dites-moi où vous voyez la cruauté ? C'est à vomir.*

Avant de passer à Zola, tu proposes à ceux qui le souhaitent un résumé et un plan de ton cours, *ça va ? Je ne vais pas trop vite ?* Un homme d'une cinquantaine d'années, *vous avez la foi, l'enthousiasme, parce que c'est ce que vous faisiez avant ?*

Tu rougis, *oh oui ! Vous savez, je suis toujours la même. Et ça me manque. Je n'avais pas une vocation de prof, mais en arrivant dans une classe, je me suis dit, ouh là là, c'est ce que je veux faire. Donc, ne vous fermez jamais rien.*

— *On le ressent que vous aimez ça.*
— *Merci ! Par moments, les choses vous arrivent quand on s'y attend le moins.*

Tu parles de *Germinal*, un jeune t'interrompt, *Germinal comme le film avec Renaud ?* Tu articules les propositions lentement, gloses, *Zola dévoile l'homme à travers ses perceptions, l'hostilité est là, c'est déjà la plaine mais en plus elle est rase ! À votre avis, cette nature hostile représente quoi ? La douleur des hommes, l'exploitation de l'homme par l'homme, mais vous voyez, il y a un espoir avec les braseros, la mine de nuit peut paraître un ogre et ce qu'il va y découvrir de plus noble, c'est la fraternité.*

Tu termines le corpus littéraire par *Bel-Ami. Des quatre romans, c'est le plus agréable à lire… Il y a quelque chose dans ce texte qui n'est plus : la moustache. À votre avis, c'est un signe qui indique quoi ?* Mustapha, *c'est un signe de richesse ?* — *Non, c'est un signe qui dit « tout le monde doit me regarder »*. Une femme voilée, *il est calculateur, il s'organise, y'a pas de scrupule, quoi*. Tu t'esclaffes, *oui, bien vu ! C'est complètement amoral, du début à la fin, et le plus horrible, c'est que ça se passe mal pour ceux qui vivent dans la morale.*

Plusieurs fois, tu réitères l'utilisation de ce mot « amoral » dans une jouissance non dissimulée, installant une complicité tacite avec l'auditoire.

Tu leur tends de nouvelles photocopies en couleurs, reproductions d'une toile de Gustave Courbet, *Un enterrement à Ornans*, et au verso *Les Raboteurs de parquet* de Gustave Caillebotte. *Il n'y a rien de mieux pour expliquer le réalisme*. Un garçon montre le recto, *c'est un vrai tableau ? — Oui, c'est un immense tableau, il est au musée d'Orsay, il a fait scandale parce qu'à l'époque, les grands tableaux étaient réservés à la mythologie, à la religion*. Tu reviens sur les détails, le cercueil, les sacristains, les bourgeois, les hommes habillés en révolutionnaires, le fossoyeur, *et là, vous avez le trou, le crâne, le chien du mort qui vient assister à l'enterrement, la mort c'est un trou ! La mort, dans tout son réalisme*. Une femme, *mais on n'est même pas dans un cimetière. — Non, c'est un trouuuuu !* Tout le monde se tord de rire.

Tu renchéris, *les auteurs réalistes ne s'intéressent pas aux princes et aux princesses, mais aux raboteurs, aux ouvriers, aux petits-bourgeois. Caillebotte, qui avait une fortune importante, s'est attaché à peindre des gens, un univers qu'il ne connaissait pas. Regardez la beauté du geste, du corps.* Mustapha, *et la beauté de l'appartement !* Un trentenaire, *c'est comme si je faisais un selfie à un enterrement et que je le postais sur les réseaux sociaux ? — Normalement, vous n'êtes pas censé prendre en photo un enterrement ! C'est peint dans un atelier, il faudra attendre les impressionnistes pour aller dehors.*

À l'issue du cours, tous se groupent autour de toi, tu leur donnes des conseils, des listes de lecture, en proposes pour leurs enfants, *le mieux est de leur lire chaque soir une histoire, les petits ne veulent pas dormir donc ils acceptent. Moi, je suis moins friande de littérature contemporaine, je ne le dis pas, en revanche, dans la littérature jeunesse actuelle, il y a des choses bien.*

Pendant que tu distilles tes recommandations, je discute avec Pierre-Olivier, ton directeur de cabinet. Il me confie une anecdote, *un jour, un élève a demandé à Brigitte, « c'est quoi la poésie ? ». Elle a répondu, « vous mettez un aveugle dans le métro avec une pancarte "aveugle de naissance", personne ne s'arrête. Le lendemain, si vous changez sa pancarte pour inscrire, "le printemps va arriver, je ne le verrai pas", tout le monde vient lui parler. C'est cela, la poésie* ».

Nous descendons les escaliers pour rejoindre la voiture qui nous ramène vers Paris. Au rez-de-chaussée de l'immeuble, tu t'arrêtes, *attendez-moi, je dois aller voir le monsieur qui souffre d'acouphènes*. Une étroite porte de fer découvre une pièce de la taille d'un hall de gare, des fers à repasser sont suspendus au-dessus d'une quinzaine de paillasses, surmontées de machines à coudre. Tu hèles un homme qui tient des aiguilles traversées de fils mauves, *bonjour, puis-je voir M. L. ?*

Ton interlocuteur se précipite vers toi, s'exprime dans un français peu compréhensible. Tu t'approches à quelques centimètres de son visage, *comment allez-vous ? Toujours autant de bruit dans les oreilles ? Vous ne parvenez pas à dormir ?* Et, lui tendant un papier, *voici le nom d'un spécialiste des acouphènes à l'hôpital de la Pitié-Salpêtrière, il attend votre appel, il va vous recevoir rapidement, je l'ai prévenu*.

Sur le trajet du retour, j'apprends que tu as obtenu ce nom par le médecin du président de la République à l'Élysée.

*
**

Préquelle.

Trois heures plus tôt, dans la voiture qui nous conduit au campus, tu me montres l'organisation de ton travail sur ta tablette, les duplications du modèle de l'école, déjà ouverte dans deux autres métropoles, Valence et Roubaix.

Ton téléphone sonne, José Pietroboni, ton chef du protocole, te présente le déroulé d'une cérémonie officielle, je t'entends dire, *oui, mettez l'interprète que j'avais pour l'Ukraine, elle est très bien ; pour l'orchestre, pas de zing boum boum, quelque chose de gai, pas* Les Démons de minuit *non plus, envoyez les partitions à Pierre-Olivier et Tristan* (ton chef de cabinet), *je regarderai ; il faut que j'appelle l'épouse du policier assassiné, je vais demander conseil à Gérald* (Darmanin). Tu raccroches.

Frappée par la dichotomie entre ton rôle de première dame et ta passion pour l'enseignement, j'avance, *tu n'as pas envie d'arrêter de faire de la figuration sur le perron de l'Élysée pour te consacrer uniquement aux cours que tu pourrais donner ? Pourquoi ne pas monter, par exemple, une plateforme de séances en ligne accessibles gratuitement dans le monde entier ?*

Éclat de rire suivi d'une mine un peu perdue, regard embrumé, *ma belle, si je m'écoutais, je me concentrerais sur mon appétence pour la littérature, mais je suis immobilisée tant qu'Emmanuel est président… Je ne vois pas trop comment faire autrement.*

Nous arrivons au pied de l'école, l'équipe t'attend devant la porte. Tu grimpes au premier étage, t'enquiers de l'avancée des vaccinations dans la ville, jettes ta veste sur une chaise, comme une peau morte qui t'embarrasse, *Gaël, je te présente ma famille d'adoption*.

Murs gris recouverts d'une vingtaine d'écriteaux griffonnés de noms de métier, boîtes de pizzas déposées sur une longue table à tréteaux, tu as apporté des barquettes de fruits, framboises, mûres, fraises, attrapes un carton, engloutis son contenu en entier, ne prenant pas même le soin de le poser dans ton assiette, fais signe à Fabien, ton officier de sécurité, *on a aussi apporté des boissons !* Deux verres de vin rosé, discussion avec la dizaine de personnes travaillant pour l'école, deux cafés, un verre d'eau, tu te lèves, *bon, les loulous, je vais me laver les mains et on attaque ?*

En rejoignant la salle de cours, tu me tends une chaise et prononces cette phrase sortie de nulle part, *j'aurais voulu qu'Emmanuel soit écrivain*.

Tremblements

Au crépuscule, la carcasse fantomatique de l'Élysée gît, sans un bruit. J'enjambe Nemo, votre labrador-griffon endormi, vautré en travers du couloir de l'aile Madame. La porte de ton bureau désert, grande ouverte, laisse entrevoir le parc, des rosiers pompons dévorent les fenêtres à petits carreaux dans un contre-jour aveuglant. Au bout de la coursive, trois silhouettes abattues, épaules tombantes, épousent chacun des fauteuils de cuir comme des flaques. Pierre-Olivier et Tristan sont affalés aux côtés de Clément. Chargé de la communication du chef, ce dernier est l'un de ses plus proches collaborateurs, cerveau stratège jouant dans la cour des grands. Je m'installe auprès d'eux lorsque deux coups retentissent sur le vantail.

Le visage blême, l'œil vide, tu entres, restes figée contre les boiseries murales, traversée de gestes agités, arrangeant mécaniquement ta veste, ta coiffure. Contrairement à ton habitude, tu ne souris pas, n'as aucun mot léger, juste un *bonjour, ma cocotte,* que tu me distribues par automatisme. Clément et Pierre-Olivier se lèvent, dressés face à toi, lançant de concert, *alors, il a dit quoi ?*

Tu réponds, *non, ce n'est pas bon, je ne peux pas y arriver toute seule, c'est trop dur. Il m'écoute, mais je ne suis pas la seule à monter le voir. Et surtout, ce n'est pas moi qui serais tenue responsable de la mort des gens. C'est lui.*

À la veille de l'annonce présidentielle du troisième confinement en France, le pouvoir est sur le flanc, face contre terre, comme un taureau qui crache son sang par la bouche après le coup de grâce. Il étale sa fragilité, éparpillée en mille morceaux d'un puzzle que je saisis enfin.

Tu te tournes vers Clément.

— *Il a quoi à l'agenda, entre maintenant et ce soir ?*

— *La réunion qui commence dans cinq minutes puis la visioconférence avec Merkel et Poutine, le rendez-vous avec Castex, suivi du dîner officiel.*

— Ah non, mais non ! Il faut lui dégager du temps seul. Annulez des séquences, il doit avoir un moment pour réfléchir, vous ne vous rendez pas compte, vous êtes fous !

Clément attrape son portable qui vibre sur la table basse, me jette un regard épouvanté.

— Je dois monter, le chef m'appelle, pardonnez-moi.

Il quitte précipitamment la pièce tandis que je m'avance vers toi.

— Ça ne va pas ?

— Non, ça ne va pas. Emmanuel ne peut pas supporter l'idée que les médecins en soient réduits à trier ceux qui seraient soignés à l'hôpital ou pas. Ça n'est pas audible pour lui. Il n'y arrive pas. Et pendant ce temps, des quantités de personnes sont en perdition psychologique, psychique, si l'on ferme tout. On ne peut pas fermer les écoles.

Je ne réponds rien, écrasée par l'évidence : s'il confine, des gens meurent. S'il ne confine pas, des gens meurent aussi. Le virus préside à sa place.

Tristan t'interrompt, indique qu'Élisabeth Moreno t'attend dans le couloir, avec un groupe de personnes fragiles. Je n'en sais pas davantage.

Vous partez tous les deux les rejoindre.

Pierre-Olivier, fiévreux, bascule son fauteuil à roulettes vers l'arrière dans un grand coup de talons, déroule ses fines jambes, pieds sur le bureau, un souffle de buffle accompagne le mouvement. Peau verte, boursouflée, il vient de recevoir les résultats de son test PCR. Négatif. En toussant, il allume une cigarette, m'interroge, *tu as compris le problème ?*

— *Non, pas vraiment.*

— *Eh bien, Clément et moi avons demandé à Brigitte de monter voir Emmanuel parce qu'il est sur le point de tout fermer. Les écoles, tout.*

Halo de fumée. Taffe sur taffe. Il dévore sa cigarette en trente secondes, traits tirés, puis reprend.

— *Je crois que tu ne te rends pas compte de ce qu'il vit. Personne ne se rend compte. Je ne sais pas comment il fait pour ne pas devenir dingue. Il est entouré de gens qui déforment, donnent des informations contradictoires, font de la politique au lieu de faire du sanitaire, du médical, du social, de l'humain.*

J'accuse un petit « oui ». Je ne sais pas trop quoi dire.

— *Brigitte est allée discuter avec Emmanuel parce que nous, on a connaissance des situations, des problématiques différentes de ce qu'il voit, lui, de ce que ses interlocuteurs lui rapportent. Nous, ça fait quatre ans qu'on a le guidon braqué sur la santé, le psychique, le mental, les défaillances de l'État. C'est à nous que remontent les jeunes qui se suicident, les maisons d'adolescents débordées, les bébés violentés qui meurent pendant le confinement, les hôpitaux psychiatriques pleins à craquer... La nécessité de réanimation psychique, c'est un gars du conseil d'administration de la Fondation des hôpitaux qui en a parlé à Brigitte en premier. Nous, on a le nom des victimes et des personnels de santé qui savent, qui constatent les ravages du confinement. On les connaît bien et depuis longtemps. Mais évidemment, quand ils souhaitent prendre la parole, les médias les refusent, leur préférant les médecins politisés qui accusent le président d'avoir du sang sur les mains.*

Il se tait quelques secondes, le temps d'une quinte de toux qui n'en finit plus, boit un verre d'eau, rallume une cigarette avant de poursuivre.

— *Par l'effet naturel des choses, depuis le Covid, l'aile Madame est devenue plus essentielle, elle complète le travail des conseillers du président. C'est lié à nos activités, à la Fondation des hôpitaux que Brigitte préside, à tous ceux que nous rencontrons depuis son arrivée ici, les médecins, les directeurs d'hôpitaux, les psychiatres, les associations, les enfants malades, les handicapés, les délaissés, les femmes battues, les jeunes harcelés, privés d'avenir et d'éducation qui vivent dans des barres HLM, tous ceux qui sont en déshérence et qu'il faut aider parce que l'État les néglige. C'est ici qu'arrivent les remontées du terrain, c'est ici que surgit le réel… Nous savons qu'il ne faut pas fermer les écoles parce que nous vivons portes ouvertes.*

Pierre-Olivier est si pâle que je prends congé.

Tu m'appelles à la nuit tombée, ton timbre rauque trahit l'ampleur de ton trouble. Je ne trouve pas les mots du réconfort, je n'ai aucune donnée en ma possession permettant quelque échange ou avis sur le fond. En te parlant, je bois trois verres de vin blanc. Un peu plus ou un peu moins, tout tournait déjà avant.

Le lendemain, le président annonce le reconfinement et les vacances scolaires anticipées.

Amnésie

Les rafales du vent emportent avec elles les traces du Palais. Le parfum de l'iode et des posidonies séchées annonce notre bain.

Tu déboules au débotté sur la Méditerranée verdie par l'été, au large de l'île de Port-Cros dans laquelle vit ma famille. Un rocher escarpé tient lieu de rendez-vous. J'éteins le moteur de ma petite annexe, dérive au gré des courants que trahissent d'étroites taches irisées en surface, guette ton arrivée sur la langue bleue qui me sépare de Brégançon.

Sous un quart de lune en plein jour, deux petites vedettes Merry Fisher de sept ou huit mètres de long déchirent l'horizon. Des drapeaux européens volettent au-dessus des ponts arrière, un pneumatique de la même taille leur emboîte le pas, fermant la marche d'un jet d'écume. Quelques corps musclés s'agitent autour du poste de pilotage.

Bientôt, je devine le visage de tes petits-enfants, armés de gilets de sauvetage. À l'ombre du taud contre tes filles, ton fils et leurs conjoints, tu ébauches un signe de la main. Solitude du grand bleu, quatre bateaux à l'arrêt, personne aux alentours.

Ta combinaison de nage turquoise pourrait te classer mannequin cabine chez Decathlon, rayon enfants. Manches coupées au-dessus des coudes, jambes couvertes jusqu'aux rotules, fermeture Éclair reliant le bas du ventre à un col montant. Tes cheveux sont rassemblés en queue-de-cheval juvénile, ni maquillage ni bijou, juste une paire de lunettes de natation autour du cou. *Elles m'assurent l'anonymat*, tu pouffes en les enfilant.

Les algues, les fonds marins, le sable. Clapotements. Comme nous, les enfants sautent en pleine mer, leurs mains dans les tiennes, agrippées d'un côté, de l'autre. Nous palmons à rebours du temps, nos masques en guise de loupes, de cadrans solaires inversés. Battements de pieds, bouillonnements des bras cadencés au rythme d'un ballet de daurades, loups, saupes, blades, castagnoles qui nous suivent. Sortant la tête de l'eau, tu demandes, *et comment s'appelle celui-ci ?, j'aimerais voir des mérous, tu m'avais dit qu'il y en avait ici.*

Après vingt minutes de natation, les enfants ont froid, leurs parents les ramènent au navire. Nous faisons le tour d'un récif, à la recherche désespérée des mérous que nous ne trouverons pas. Têtue, tu ne lâches rien, ton nez émerge à la surface, *tu m'avais parlé d'un autre îlot truffé de mérous. Explique-moi comment y aller, je veux emmener Emmanuel à son retour. Il va adorer. Il se baigne par tous les temps ici ou au Touquet, contrairement à moi... Le climat du Var est un peu émollient mais j'aimerais tant qu'on y trouve une attache !*

Poids de l'armure. Jusque-là, l'enfermement, l'organisation, le carcan, l'usine à gaz républicains étaient cachés, en sourdine. Soudain, dedans et dehors, le monde n'est plus le même. Sous l'eau, tu tends un pouce pour traduire ton ravissement. En repositionnant mon tuba à la surface, je découvre à nos trousses des hommes-grenouilles équipés d'oreillettes étanches. Ils sont quatre ou cinq, conservent quelques mètres de distance derrière nous. Tu les appelles par leurs prénoms, leur adresses des blagues, mais ce ne sont pas tes amis, ce n'est pas ta famille non plus.

Le vent monte, l'un d'eux se rapproche, te propose d'empoigner un scooter sous-marin silencieux pour rejoindre le bateau. Tu utilises l'engin quelques secondes, me fais essayer ce jouet que tu veux partager. Nous le laissons de côté, rentrons à la brasse.

Un souffle frais descend du vallon, nous fouette le dos en sortant de l'eau, tu grelottes, attrapes une serviette, escalades les ponts pour t'installer sur mon annexe. À ta demande, tes filles nous rejoignent, abandonnent maris, enfants et gardes du corps sur les navires voisins. Tee-shirts à inscriptions, mini-shorts, leurs visages poupins, leurs nez qui jappent à la lune, leurs silhouettes élancées imitent ton physique. Elles déroulent leurs chemins de vie, l'hôpital récemment quitté par Laurence, cardiologue en ville, les affaires de Tiphaine, avocate associée à l'un des proches amis du président.

Conversation d'été, décousue. Elles appellent leur beau-père *Manu*, les petits-enfants le surnomment *Daddy*. Lacan doit se marrer. Au milieu de la discussion, tu te tournes vers moi, ton immense sourire ne masque pas l'impératif, *dis à Tiphaine de ne pas faire de politique !*... Je bats en retraite.

Un officier de sécurité coupe nos babillages, téléphone en main, *madame, M. N. a ancré son yacht en contrebas du rocher de Brégançon. La sécurité appelle pour savoir ce qu'elle doit faire*. Les filles le raillent, tu règles l'affaire en un tournemain, *dites-lui que je ne suis pas là ! Il est insensé celui-là. Il se pointe sans nous prévenir, juste pour être vu... Sur un yacht en plus !*

Fin de journée, grands signes de bras, nos bateaux s'éloignent dans la brume de chaleur.

*
**

Le bonheur n'oublie rien. En rentrant, je retrouve ces mots de Camus « C'est trop bête de ne vivre que dans la peste. Bien entendu, un homme doit se battre pour les victimes. Mais s'il cesse de rien aimer par ailleurs, à quoi sert qu'il se batte ? »

Le soir même, Bruno, conseiller « mémoire » du chef de l'État, m'envoie un texto « Le Président ne veut pas de ton livre et, pendant ce temps, Brigitte vient se baigner chez toi. Tu situes l'ambiguïté ? »

AMBIVALENCE

Un sécateur dans un buisson de ronces. C'est ainsi que l'un de vos conseillers formule aujourd'hui ma présence.

Cinq années viennent de s'écouler depuis notre première rencontre. Cinq ans passés à te voir, te parler régulièrement, me confier à toi, t'écouter sans retenir nos conversations, nos instants secrets. Ni tes mots, ni tes engouements, ni tes confidences, ni tes solitudes. J'ai oublié mon métier pour ne pas ternir notre amitié.

Pendant le premier confinement, je t'informe de mon projet de livre, adresse, dans le même temps, plusieurs notes au président, à ses équipes. Quelques jours après, tu me téléphones, *je ne peux pas prendre la décision à sa place. Ce livre, c'est lui qu'il engage. Il décide seul. Il prend le pouls de ses collaborateurs mais à la fin, il n'écoute que son intuition*. La semaine suivante, Bruno m'appelle, *le président ne souhaite pas cet ouvrage*. Depuis, je fais mine de n'avoir jamais entendu cette phrase.

Des mois durant, les cerbères du chef refusent de m'accréditer lors de ses déplacements. Un indiscret du Château photographie leur boucle WhatsApp, « Tchakaloff est de la nitroglycérine, il faut l'évacuer »... Ayant noué des relations avec certains affidés depuis la campagne présidentielle, je parviens à passer outre. Souvent, d'ailleurs, parce que tu glisses au creux de l'un de nos échanges, *je fais cela demain avec Emmanuel* ou *nous projetons de nous rendre à tel endroit*, ce qui m'aide à harceler le Palais. Le temps passant, l'aile Madame et l'aile Monsieur se lassent des triangulaires. Et le barrage cède.

Non sans heurts, non sans cabrades, de part et d'autre de l'Élysée. Tes conseillers ne peuvent interdire ni nos discussions ni nos rencontres, mais ils m'empêchent, longtemps, de t'accompagner lors des sorties prévues à l'agenda.

Passé, présent, tu, vous. Deux mondes parallèles s'entrechoquent, l'officiel et l'officieux. Je suis le président sur le terrain, comme si je travaillais pour l'AFP. Je déjeune, prends des verres, des thés, des cafés avec toi au Palais, comme si je ne travaillais pas pour l'AFP. Nous n'évoquons jamais le livre sur lequel je travaille.

En fouillant dans mes mails, j'ai retrouvé un mot que tu m'avais envoyé, quelques mois après l'élection, *chère Gaël, l'essentiel est ce que tu fais, c'est-à-dire écrire et ne pas tenir compte d'autres avis*.

Sur vos traces, il faut savoir changer de pied, danser parfois sur les mains. Vos pas équivoques guident mes chorégraphies pour passer par le chas d'une aiguille. Celui d'une réalité nébuleuse entremêlant « ne pas vouloir » au « laisser faire » qui, chaque jour, change de visage.

Tintouin

Rien, à l'infini. Le vide sidéral défile derrière les vitres de la voiture, sur des kilomètres. Plaines sans animaux, sans cultures, sans constructions, sans hommes, sans femmes, sans enfants. Une lumière blanche aplatit le paysage de sa lame de fond, tel un projecteur monumental tenu par la main de Dieu. Elle balaie les nuages, gomme les signes de vie et les marques du temps. La nature s'est mise au service, au diapason de la République en ce jour de commémoration des cinquante ans de la disparition du général de Gaulle.

Colombey-les-Deux-Églises surgit de nulle part, village fantôme, maquette miniature dressée sur un monticule semblant rescapé d'Hiroshima. Quelques survivants portent des uniformes de gendarme, au hasard de multiples barrages. Une fois, deux fois, trois fois, quatre fois, cinq fois, je présente l'accréditation de la présidence de la République ainsi que ma pièce d'identité depuis le véhicule qui m'entraîne à votre rencontre.

Nos brassards indiquant « Pool » rappellent ceux des policiers dans les séries Z allemandes, des cartes rouges pendent à nos cous, « déplacement du Président de la République » y est inscrit en lettres majuscules, au cas où nous finirions à la SPA pris d'un Alzheimer sévère.

Après un dédale conduisant à la place principale du village, le choc gonfle les tempes, le cœur. Aujourd'hui, vous n'êtes pour rien dans l'émotion qui nous submerge. Colombey, son église, son cimetière, la tombe immaculée du Général contre celle d'Yvonne et de leur fille, Anne, tout dissout le président, à croire que le cérémonial d'un autre engendre un monde parallèle auquel se raccrocher. Plus propre, plus honorable, moins confus. Plusieurs sépultures autour, des quantités de plaques commémoratives, une centaine peut-être, des ex-voto, et le silence, brut, mat, comme un linceul.

Julie, membre du service de presse élyséen, fume cigarette sur cigarette, mégots enfouis dans la main, le teint délavé, elle dit, *le Patron arrive*. Perches, caméras, micros se rangent dans un désordre digne d'une récréation de maternelle, fausse alerte, il arrive ailleurs, devant la mairie. Alors, quelques-uns sont emmenés, mués en nains de jardin sur la pelouse qui jouxte le bâtiment municipal, maison française sortie d'un film de Claude Sautet. Le cortège présidentiel pénètre lentement dans l'allée déserte. Une dizaine d'officiels attendent *le Patron*, ligne imaginaire animée, ajustée au cordeau. À son extrême, Hervé Gaymard se recoiffe frénétiquement, à trois reprises.

Toujours la même phrase présidentielle distribuée à chacun, *comment ça va ?*, avec la variante *enchanté*, lorsqu'il s'agit d'une nouvelle tête. Je relève cette dernière formule, traduisant une forme d'éducation hors des langages élitistes, qui ne disent pas « enchanté » comme on ne dit pas « bon appétit » ou « à vos souhaits ». Léchez-vous également votre couteau ?

Vous connaissez pratiquement tout le monde, vous êtes déjà venu ici, ce que semble ignorer le nouveau préfet, poings serrés, qui introduit chacun. Joseph Zimet, déguisé en groom – pour ceux qui ne connaissent pas la tenue préfectorale, c'est assez dissonant –, gants blancs, casquette d'officier blanche, costume noir surmonté de dorures brodées. Une boucle WhatsApp créée par les médias présents se gausse du préfet « Si tu ne passes pas les barrages, c'est que Zimet t'a dans le nez. » À mes côtés, un conseiller élyséen grommelle, *Zimet n'a toujours pas compris que le président connaît même les porte-drapeaux de l'Arc de triomphe par leurs prénoms*. Gaymard, *j'ai fait mon test PCR pour être sûr d'être sain aujourd'hui*, puis, s'adressant au président, *à titre personnel et familial, je vais bien*. Aucune réaction, visage impassible. Tu suis, en noir comme lui, bas chair et chaussures Louis Vuitton, monogramme sur les talons. Meilleure ambassadrice du style français, service commandé. Le chef de l'État présente à ceux qui ne te connaissent pas, « mon épouse ». Et *mon épouse* dispense un petit mot gentil, échange plus longuement avec ceux que tu as identifiés. Les petits-enfants de Gaulle ont droit à *ravie de vous retrouver*. Drôle de cinéma, que commente dans mon dos Bruno, *ces petits rituels républicains qui donnent du sens au pays*, avant de griffer, *ici aussi, ils auront envie de le tuer dans six mois parce que ce sont des gens normaux.*

Jean-Paul Sartre écrivait « *Je n'ai pas de Sur-moi* [...]. *Sous ces regards inquisiteurs, je me sentais devenir un objet, une fleur en pot*. » Le surmoi d'Emmanuel Macron est-il en alerte, lucide quant au dédoublement de personnalité que nécessite la fonction ? Peut-il préserver une lecture réaliste de son environnement au beau milieu d'un barnum qui le chosifie ? Il n'est pas le même, l'Emmanuel Macron qui décide, qui agit, et celui qui symbolise, qui se sait épié, scruté, déshabillé dans la pesanteur du cérémonial républicain. Il est chef de l'État dans le premier cas, et tente d'être un homme d'État dans le second. L'homme d'État se projette, on ne sait jamais s'il se regarde passer dans la rue depuis le balcon ou s'il vit pleinement le moment présent. Il a ses gestes, ses postures récurrentes, son pilote automatique tricote un autre personnage dont lui-même ne doit pas être dupe, au risque de passer dans le siphon avec l'eau du bain. Il veut à tout prix faire président, mais sait-il – comme le rappelle Barack Obama – qu'il doit laver lui-même sa voiture après comme avant l'élection ?

Sur mes notes, j'ajoute ce que tu m'as confié quelques semaines plus tôt au Château, tandis que nous partagions un thé matinal, *il ne faut jamais céder à Emmanuel. Moi, je ne lui cède jamais*.

Aujourd'hui, le président en office a opté pour cette façon bizarre d'entrecroiser ses dix doigts juste au-dessus de sa braguette, dans l'alignement de sa tête. Tu le copies, si ce n'est l'inverse. Lorsqu'il articule quelques syllabes, les mains se défont le long de chacune des jambes, doigts sur la couture du pantalon, rectilignes, au garde à vous, pulpe des index tendue vers le sol. On croirait une statue. Ses chaussures cirées reflètent le ciel, ce qui tombe bien, puisqu'il commente le temps. Quelques-uns se risquent à des sentences effusives sur le Général. Absence de réponse présidentielle, si ce n'est un sourire plaqué. Au dos du brief du jour envoyé par l'Élysée, je griffonne « Ontologie présidentielle : il veut redonner à la fonction la hauteur qu'elle a perdue depuis de Gaulle ou Mitterrand, si ce n'est qu'il doit être président et Premier ministre à la fois. Plus que Jean Castex, c'est l'époque qui l'impose. »

Emmanuel et Hollande ont le même problème. Ce sont des types extra en privé mais dès qu'ils sont en représentation, ils veulent être un autre qui leur fait perdre toute crédibilité. Chirac et Sarkozy n'ont jamais cherché à se dédoubler et ça leur a bien servi, m'a soufflé Gaspard Gantzer, ancien communicant du président socialiste, quelques jours plus tôt.

Un drone de surveillance nous survole dans un bourdonnement d'abeilles, une chorale s'échauffe sur *La Marseillaise* à quatre voix, des hommes en costumes de zouave se plantent de part et d'autre du caveau du Général, tambours en main, pendant qu'une journaliste de France Télévisions cherche absolument à savoir ce qui s'est passé à la mairie, comme si je détenais un scoop, assénant un, *il est toujours en retard sauf quand il a rendez-vous avec le pape*. Comprenant que nous allons attendre, je jette mon étole sur le gravier face au cimetière, m'allonge de tout mon long. Mes paupières closes éteignent les regards chargés de remontrances. Un bras me secoue l'épaule, *dites-moi, je suis de* L'Est républicain, *c'est vous qui faites le livre ? Alors, quand Brigitte a été cas contact, est-ce qu'ils dormaient ensemble ?*

Agitation derrière les tombes, vous faites irruption, à pied, tout doucement, comme suspendus à des fils invisibles. Les mouches volent, les doigts du président sont revenus sur les coutures de son pantalon, les yeux sérieux fixent les arbres, marquant systématiquement – dans les situations graves – une seule des deux rides du lion, au coin du sourcil gauche. Scène d'un film de zombies, retour des morts-vivants. Un automate traverse le musée Grévin accompagné d'une gravure de mode.

Sur le dos de la colline, la croix de Lorraine déchire l'indigo, gigantesque. José Pietroboni babille, *mes premières dames préférées ? Brigitte et Valérie. Contrairement à ce que l'on croit, la seconde est d'une fidélité à toute épreuve*. Il tire sur les pans de sa veste, une vingtaine de fois, pour passer le temps, parce qu'il est des métiers dans lesquels la patience joue en majeur. Le mutisme aussi, qui s'impose encore sur un parvis en demi-cercle, très grand, la moitié de celui de Notre-Dame. Parterre d'officiels, Anne Hidalgo et Éric Piolle ont rejoint la troupe. La chorale entonne *La Marseillaise* pour la troisième fois depuis notre arrivée, vous devez la connaître au soupir près. Deux soldats portent une gerbe au pied de la croix, les zouaves ressuscités déclenchent tambours et trompettes, « Aux morts ! » est crié par une voix solennelle et déchirée. Recueillement interminable, en attendant le survol et les traînées bleu-blanc-rouge de la patrouille de France, qui arrive non pas juste après la minute de silence comme prévu, mais plutôt six ou sept minutes plus tard. Temps distendu, un siècle passe. Les conseillers font un grabuge d'enfer, foulent les graviers de leurs pas affirmés, pianotent sur leurs téléphones, désacralisant l'instant. Tristan m'interroge sur l'élection de Joe Biden entre deux murmures, et répond un ferme *ce n'est pas à son niveau protocolaire*, lorsque je lui demande si tu prévois de te rapprocher de Kamala Harris. Le président interrompt notre brouhaha, salue chacun. Anne Hidalgo n'a droit qu'à une seconde, visage défait, elle se donne une contenance en fixant un objet imaginaire placé derrière le chef de l'État. Deux hélicoptères gros comme des chars d'assaut vous attendent sur un terre-plein en contrebas, s'envolent au soleil couchant, à croire que l'horloge présidentielle s'est réglée sur la tombée de la nuit pour rendre le spectacle plus éclatant.

De retour à Paris, je reçois un SMS d'un ami belge « Vous les Français, qui aimez plus que tout les monuments et les morts, j'espère que vous vous êtes fait plaisir. » Une demi-heure plus tard, tu m'appelles, *je viens d'arriver à l'Élysée, Tristan me dit que tu étais à Colombey, mais pourquoi n'es-tu pas venue me voir ?*

Je n'ose pas te répondre la vérité. En ce jour d'observation du surmoi présidentiel, discuter avec toi aurait été l'assurance d'un travail bâclé.

Dépeçage

Vivre avec vous, être emmenée, roulée comme une feuille dans votre machine à broyer, sniffer l'adrénaline, la joie, l'hystérie des moments forts. Saisir les hauts, les bas, les égarements dans un bureau du Palais, au gré des conversations volées, des retournements de situation quotidiens. Vivre avec votre meute, ils ne font plus attention à moi, ils m'ont oubliée, intégrée à leur paysage, évoquent devant moi les crises, les vacillements, prennent des décisions en ma présence, comme si j'étais devenue une des leurs, comme si j'étais un meuble. Vivre avec vous les déceptions, les trahisons, les embuscades, les Édouard Philippe qui sortent du bois après avoir juré l'inverse, les conseillers à la loyauté faisandée, les loups dans la bergerie qui soutiennent des candidatures adverses depuis l'intérieur du Château.

Vivre avec vous pour s'apercevoir que tout le monde est sur le ventre, sur les dents, tout le monde veut s'enfuir, quitter ce navire, cet Élysée devenu un cachot, vos collaborateurs m'écrivent régulièrement la même chose sur la messagerie Telegram « J'étouffe ici, je n'en peux plus ». Deviner que vous-même ne devez pas être loin de penser la même chose. Vivre avec vous, vivre avec toi, vivre avec eux, le jour, la nuit, au téléphone et dans la vraie vie. Minuit, une heure, deux heures du matin, attendre confirmation du déplacement présidentiel prévu à huit heures, ne pas se coucher. Joindre Julie, Rhizlane, celles et ceux qui sont en reconnaissance sur le terrain depuis la veille, leur demander si je peux dormir un peu, savoir que non, je ne peux pas, parce qu'il n'y aura pas de NAR (« note aux rédactions », envoyée lors des mouvements officiels du chef), et que si je coupe mon téléphone je risque de tout rater. M'affaler sur mon canapé, répondre dans les ténèbres à l'un de vos affidés qui revient à Paris et qui dit « Tout est annulé, ils le mettent en danger avec leurs lubies de l'envoyer n'importe où, à la volée. » Vivre avec vous comme au KGB, au Mossad, dans la paranoïa, l'angoisse, la confusion d'une existence sans queue ni tête, sans horaires, sans lieux, parce qu'il faut tenir secrets les moments, les endroits où se rend le président jusqu'au dernier instant.

Vivre avec vous pour éprouver l'isolement du pouvoir, la toupie qui propulse plus vite, plus loin des autres. Constater que vous êtes seul, vous, le chef, désespérément seul, et que vous n'y pouvez rien. C'est le pouvoir qui écrase, distancie, chosifie, fait de vous un pigeon d'argile sur lequel tirer, un épouvantail déboussolé sur lequel chacun a un avis, aussi variable que la météo, y compris dans l'enceinte du Palais. Entendre les conseillers maugréer, *il voit tout le temps des gens, trop de gens qui disent blanc, qui disent noir, qui disent rouge, vert, bleu, arc-en-ciel*. Trop de gens qui ne lui laissent pas le temps. De réfléchir avant d'agir.

Vivre avec vous comme des hamsters dans une roue. Vous courez, vous courez, vous vous épuisez. Et rien ne change autour. Ni ceux qui considèrent que le Patron tranche trop ou pas assez, ni ceux qui pensent qu'il veut trop plaire à tout le monde ou qu'il ne fédère pas suffisamment, qu'il n'a pas su prendre les bonnes décisions au bon moment, qu'il fait trop vite, trop mal, pas assez vite, trop près de l'action, trop loin de la réflexion, trop ou pas assez quelque chose tous les jours. Chacun développe une opinion, un mode d'emploi, comme si votre siège, votre fonction de président appartenaient à tous. Ressentir l'étrange impression que tout est immuable, glacé, figé dans le marbre par une force supérieure qui vous échappe, une énergie occulte, contradictoire, systématiquement opposée à vos faits et gestes.

Et pendant ce temps, savoir que vous, le chef, avez passé des mois à compter les lits, le nombre de lits disponibles dans les hôpitaux, ils disent, *c'est important*.

Vivre avec vous le chaos, le naufrage de l'entourage, l'absence de garde prétorienne, de clan serré, de bande soudée à vos côtés. Alors, quand un gros pépin survient sur le terrain du jeu politique, les regarder tous se noyer, incapables de parer aux coups comme un seul homme, puisque personne n'est d'accord. Des cercles concentriques différents qui jamais ne se comprennent, ne s'écoutent, pris d'un affolement général. Pierre-Olivier, Tristan, Clément, Bruno et

Jonathan, la plume du président, naviguent parfois main dans la main. D'autres cabotent en ordre dispersé, éparpillés. Recueillir sans le vouloir les doléances de ceux qui veulent faire un putsch, vous dire, *si ça continue, on s'en va*. Vérifier que les mêmes ont renoncé, trois jours plus tard, parce que vous avez rétorqué, *ça suffit, avanti !*

Vivre avec vous les paradoxes, l'amour fou, l'amour à mort, l'amour à l'infini. Découvrir que les collaborateurs sont tous malades, au bout du rouleau, physiquement, psychiquement. Qu'ils sont tous aplatis mais transcendés par une passion commune, débordante, sans limites pour vous deux. Au creux d'une conversation, surprendre ce mot de Clément, *pour Emmanuel, je donnerais un rein*. Observer Pierre-Olivier, livide, titubant, transparent, toussant – nous avons tous pensé, à plusieurs reprises, qu'il avait le Covid –, reculer de trois pas, ouvrir la fenêtre, lui recommander de rentrer chez lui parce qu'il ne tient pas debout et l'entendre répondre, *je m'en fous, je viens quand même travailler, je ne peux pas les laisser comme ça !* Vivre avec vous cette dose d'affect surhumaine, démentielle. Écouter le bruit du craquage.

Parce que le chef dit tout et son contraire, parce qu'il n'a le temps de rien, parce que le Patron ordonne, *il faut virer tel et tel conseiller incompétent, mais virez-le-moi sur-le-champ !*, et que, cinq minutes après, son bras droit, Alexis Kohler, secrétaire général de l'Élysée, refuse de le faire. Comprendre que vous, le président, ne voulez pas vous séparer de ce bras droit surnommé « le confiné zéro », compte tenu de son mode de vie. Relever que vous pensez avoir besoin de ce *confiné zéro* pour diriger, présider, organiser, alors que, de l'avis général, il est de plus en plus encombrant, de plus en plus freinant, de plus en plus détesté, faisant vivre l'enfer rigide, technocratique aux équipes qui ne cessent de s'en plaindre. L'une de vos collaboratrices, haute fonctionnaire à chignon auburn et manucure vermillon, m'appelle chaque soir, déroulant la même litanie, *Alexis pense et veut bien faire, il a des qualités exceptionnelles, mais il est dénué de sens politique, dénué de sens des autres, de la France et des Français. Le président pourrait prendre n'importe quel inspecteur des finances à sa place.*

T'entendre me glisser, *Alexis est supérieurement intelligent, je n'ai jamais rencontré une telle machine intellectuelle.*

Discerner des fossés de toutes parts, et des nouveaux chaque jour, réels ou fantasmés. Comme ces mormons – votre bande originelle de 2016 – accusés de vouloir revenir faire campagne, de souffler des méchancetés sur l'équipe en place. Saisir quotidiennement la juxtaposition des grandes choses et des petites choses, la suffocation que crée cette juxtaposition.

Attraper par surprise le même virus que vos entourages, le dépister dans mon ventre, tordu de peur, de douleur, de terreur, celle qu'il vous arrive quelque chose lors des déplacements, des bains de foule dans laquelle vous vous jetez à corps perdu. Être prête à vous retenir par le bras pour vous l'interdire, vous forcer à demeurer dans le périmètre de sécurité. Ne pas savoir pourquoi, d'où vient ce sentiment animal, qui n'a rien à voir avec un engagement politique ou un quelconque soutien. En avoir honte.

Vivre avec vous la strangulation mentale, avoir besoin de partir loin, régulièrement, pour oublier, nettoyer, laver ses nerfs, ses obsessions. Espérer ne pas devenir comme ceux que je guette, ne pas tourner dans la roue du hamster. Vite, sauter dans un train, puis recevoir de l'un de vos obligés un message, « je n'en peux plus », sortir du wagon, revenir par crainte de manquer quelque chose, recommencer.

Vivre avec eux, vivre avec vous, encore. Et vivre avec toi. Qui continues de rire entre deux mines graves, qui continues d'aimer et de faire en sorte que tout le reste de la troupe suive, survive.

PRÉMICES

Je me souviens du jour où tout a commencé. Nous roulions tous les deux en voiture, c'était il y a cinq ans.

J'accompagnais les hommes, les femmes, candidats à l'élection présidentielle française, partageant leur quotidien, les trains, les hôtels, les meetings, les backstages, assise à leurs côtés, pour comprendre. Ce qu'ils ressentaient au jour le jour, ce qui les poussait à embrasser un tel destin.

L'année précédant votre élection, nous traversions les paysages français, galopant d'une ferme agricole à un hôpital, tous deux assis sur la banquette arrière de votre véhicule. Tel le jeune Werther, vous convoquiez la poésie, la littérature, compariez la forme des arbres qui défilaient aux hommes, à leurs mouvements. Puis, durant une demi-heure, vous avez dressé une analogie psychologique entre la France, les Français et Mme Bovary (encore elle). Vous listiez précisément les points communs de leurs tempéraments, leur romantisme, leur sentimentalisme exacerbés, leur difficulté à vivre dans un univers borné, délimité, leur existence brimée par un idéal. À n'en pas douter, vous parliez de vous.

Vous étiez en décalage complet avec ceux que je cramponnais dans le même temps que vous. Ce n'était lié ni à votre positionnement politique ni à votre âge. Votre approche du monde signait une vision déconnectée de toute matérialité, de toute temporalité.

Alors que mon entourage moquait ma curiosité, mon intérêt pour le garçon que vous étiez – personne ne misait sur vous à dix mois de l'élection –, je vous observais à la loupe comme un éthologue scrute le comportement d'un animal qui l'interroge, l'interpelle plus qu'un autre de son espèce.

Sylvain, votre conseiller de l'époque, ayant organisé nos présentations, j'ai suivi vos périples tout au long de la campagne. Dans chaque ville, chaque canton, chaque terrain vague où vous vous rendiez, je collais ma roue à la vôtre.

*
**

Quimper, janvier 2017. Agglutinés comme des fourmis sur un morceau de sucre, ils se poussent, se disputent, s'injurient, se marchent dessus. Ils sont près de trois mille, alors que le Pavillon de Penvillers ne peut en contenir que deux mille.

Grand raout sur scène. Je me tiens à un mètre de vous, sur les marches en contrebas de l'estrade, griffonne convulsivement le nouveau fauve dans ses moindres soupirs.

Tu es sagement assise au premier rang. Idéogrammes fusionnels, hiéroglyphes amoureux, le langage codé entre vous est si perceptible que j'ébauche un croquis de tes expressions. Chaque idée forte, chaque formule frappante du candidat est suivie d'un échange de regards appuyés avec toi. Jeu d'iris, hochements de têtes, paumes des mains dans un sens, dans l'autre, clins d'œil, bouches ourlées de sourires.

Au sortir du discours, Sibeth Ndiaye me conduit en coulisses rejoindre Emmanuel. Tu t'y trouves également. Il se tourne immédiatement vers toi, *alors, c'était comment ?* Nous sommes quatre ou cinq autour de vous, tu réserves tes impressions pour plus tard. Dans la foulée, comme si nous nous connaissions depuis toujours, tu t'adresses à moi que tu rencontres pour la première fois, *bonsoir Gaël, moi, je ne vais pas à l'arrivée des pêcheurs au port du Guilvinec demain à six heures, parce qu'il faut que je me fasse discrète. Et vous, vous y allez ?*

Le même soir, heure du dîner. Son costume dans une housse repliée sur ton bras, tu lui demandes d'aller se coucher tandis qu'il partage un verre et quelques sandwichs avec ses équipes, au rez-de-chaussée de l'hôtel hébergeant la petite troupe qui l'accompagne. *Tu dois dormir, sinon tu ne tiendras jamais toute la campagne*. Dix minutes plus tard, il obtempère, te suit.

Depuis ce jour, nous n'avons jamais cessé de nous voir.

Dès votre arrivée au Palais, tu m'y as reçue régulièrement. Si bien que, dans un transport progressif et continu, mon rapport au pouvoir, la lecture que j'en ai, se sont imperceptiblement modifiés.

Seul le regard des autres me rappelle le contexte dans lequel j'évolue, comme ce jour où je suis entrée dans ton bureau sans frapper. Emmanuel s'y trouvait en pleine conversation avec un chef d'entreprise. Comprenant que je dérangeais, je lui ai envoyé un baiser de la main à travers mon masque, il m'a retourné le même geste lorsque j'ai croisé les yeux estomaqués de l'homme qui l'accompagnait. J'ai claqué la porte aussi fort que la réprobation que j'y lisais.

Tronquée, distordue, ma perception du réel échappait à toute clairvoyance. Il était déjà trop tard pour faire machine arrière.

Bile

Quelqu'un me dit de me taire. Effacer son nom, garder notre entrevue secrète. Quelqu'un ne veut pas apparaître dans ce livre. Officiellement, nous ne nous sommes jamais parlé, jamais vus. Je jette son identité aux oubliettes. Quelqu'un a peur. Craint d'être perçu comme un vengeur masqué. Désormais, il sait que certaines choses ne se disent pas, ne se font pas, lorsqu'on a occupé la fonction qui était la sienne. Il justifie, *les gens vont croire que je prends ma revanche, mais ce n'est pas le cas, je vous dis juste la vérité pour vous aider à saisir Emmanuel*. Quelqu'un connaît bien le président, ils ont beaucoup travaillé ensemble avant qu'il soit élu, avant qu'il soit candidat. Quelqu'un a été déçu, meurtri, blessé. Il s'était attaché.

Coup de sonnette, une caméra me surveille, juste au-dessus du paillasson. Entrouvrant la porte, un homme réclame ma pièce d'identité, m'installe dans le salon d'attente. Un thé. Quelqu'un me reçoit dans son bureau, dorénavant privé. Sa jeune et jolie assistante demeure à nos côtés, vérifie que je n'enregistre rien, n'écris rien. Au sortir de l'entretien, je m'accroupirai devant l'immeuble, genoux sur le trottoir d'une grande artère parisienne, notant rapidement les phrases que j'ai retenues, comme une récitation de maternelle recopiée à dessein d'antisèche.

Quelqu'un boit son café serré, affiche placidité, sérénité. Les rais d'un soleil levant traversent la grande table autour de laquelle nous sommes assis, large canapé à droite, bibliothèques murales, secrétaire couvert de dossiers, à gauche. Quelqu'un n'a pas besoin que je lui pose des questions. Comme un moulinet, il déroule le verbe, syncope des battements de son cœur, piétiné, humilié.

Quelqu'un commence, *Emmanuel joue des rôles, des personnages successifs, Mitterrand au Louvre, Chirac sur le terrain, c'est un comédien, un excellent comédien. Mais comme il change tout le temps de visage, de répertoire, on ne le suit pas. C'est la raison pour laquelle les Français ne le comprennent pas. Ils ont un président kaléidoscope, un président catalogue, ils ne savent pas lequel des personnages déployés est le vrai. Les Français sont intuitifs, ils le ressentent*. Aïe. Je réponds, *l'important n'est-il pas ce que fait politiquement un président ?* Quelqu'un tranche, *politiquement, c'est pareil, il n'est rien, il saupoudre une pincée de chaque couleur politique selon les jours, dans un savant dosage. Il ne croit en rien, il n'a aucune conviction. S'il en avait, il se serait attaché à faire de son mouvement « La République En Marche ! » un véritable mouvement politique, si ce n'est un parti. On fait cela lorsque les convictions sont viscérales, quand elles dépassent l'individu pour embrasser un sens social, sociétal, plus grand que soi. Mais lui, il s'en moque, LREM est une coquille vide dont il ne s'occupe pas, hormis pour le soutenir dans la conquête ou l'exercice de son pouvoir. Regardez Rocard avec la Deuxième Gauche : les idées, l'histoire des idées étaient plus importantes que son propre destin. Il les a soutenues à son détriment. On ne peut pas dire cela d'Emmanuel. Chaque président donne un sens à son mandat, il n'a pas trouvé le sien. Chirac, c'était la terre, la fracture sociale, les arts premiers. Mitterrand, c'était la culture, l'égalité, l'abolition de la peine de mort. Giscard, la modernisation de la société, en dépit de son appartenance politique. Vous pourriez répondre si je vous demandais quel est le sens du mandat de Macron ?* J'accuse le coup, *non, mais sa présidence a été déjouée par le Covid, les « gilets jaunes ». A-t-il eu le temps, l'occasion de donner du sens ?*

La dureté des affirmations de Quelqu'un me contraint à prendre la défense du président afin de l'obliger à approfondir ses raisonnements. Ce n'est pas mon rôle, peu importe.

Quelqu'un change de propos, retrace le chemin de leur passé commun. *Je suis allé dans les dîners, chez Emmanuel, de 2008 à 2011. Il ne prévoyait pas particulièrement d'être président ou de faire de la politique, il voulait réussir, ils voulaient réussir ensemble, Brigitte l'aidait. À leur table, il y avait tout un réseau financier, économique, médiatique, peu de politiques. Brigitte était plutôt effacée, légère, gaie, bien qu'en retrait. J'ai mis longtemps à comprendre combien elle est intelligente. Elle intervenait peu, mais lorsqu'elle disait quelque chose, c'était toujours lumineux. Depuis, elle a pris plus d'aisance*. J'écoute, coulée dans la peau d'un psychanalyste derrière la tête d'un divan. Quelqu'un reprend, sans attendre mes réactions. *Ils n'ont rien à faire de l'amitié, ils se sont construits sur les réseaux. Ils ne doivent rien à personne, ils ne s'attachent à personne. Ils sont leur racine réciproque, ils ont tout quitté pour l'autre, coupant avec leur famille de part et d'autre. Ils ne doivent de loyauté à personne. Le problème, c'est qu'ils font croire à l'affectivité, à l'amitié sincère, cela a beaucoup berné leur entourage. J'en ai reçu des SMS, des marques d'affection. Je ne suis pas le seul.*

Je l'arrête tout net, lui explique avoir également été destinataire de manifestations d'empathie, alors que je n'avais rien à leur apporter. *J'ai mis plusieurs années à décider de les écrire dans un livre, et quand le président l'a su, il a coupé les ponts, preuve s'il en était que le calcul n'est pas au rendez-vous.* Quelqu'un rétorque, *soit ils ont changé, soit ils vous ont intégrée à la racine, justement parce que vous n'êtes personne. Je peux vous dire que des exemples, j'en ai vu défiler à la pelle. Regardez Michel Rocard, il était de tous les dîners chez eux, Henry Hermand* (un homme d'affaires proche d'Emmanuel Macron) *avait conseillé à Emmanuel de se rapprocher de lui, Brigitte était très proche de Sylvie, la femme de Rocard. Eh bien, à partir de 2012, quand Emmanuel arrive à l'Élysée, du jour au lendemain, plus rien, plus aucun signe de vie, ils n'ont plus jamais entendu parler des Macron. Pareil avec Jean-Pierre Jouyet, il a tout fait pour Emmanuel, tout. Il l'a repéré à l'Inspection des finances, c'est lui qui l'a appelé comme secrétaire général adjoint de l'Élysée, lui qui a ensuite appuyé pour qu'il soit ministre. Jouyet est extrêmement déçu.*

J'entrecoupe le monologue, *le président n'a donc aucune qualité ?* Quelqu'un croque un petit chocolat. *Bien sûr que si, il est très intelligent, supérieurement intelligent.* Silence, second chocolat. *Il ne faut pas confondre. S'il est très intelligent, ce n'est pas pour autant un intellectuel, il est plus Patrick Bruel et Eddy Mitchell que le Panthéon. Tout le monde croit qu'il est fantaisiste, alors que pas du tout, c'est uniquement son jeu de comédien qui laisse présager une forme de fantaisie. Il n'est pas très cultivé, il a une culture populaire.*

J'éclate de rire, *voilà une série de remarques illustrant le snobisme de l'élite à la française !*

Quelqu'un me toise, esquisse un sourire désincarné, tout ce que je peux dire reste lettre morte. Il a terminé, recule sa chaise, signe qu'il est l'heure de m'éclipser. Mais moi, je n'ai pas fini. J'aimerais avoir le cœur net de la trahison publique, politique, celle que tout le monde connaît. Je réclame sa version, *oui, c'est vrai, Emmanuel m'avait indiqué qu'il ne serait pas candidat. En juillet 2016, quand il a organisé son grand meeting à la Mutualité, c'est Manuel Valls qui a tiré la sonnette d'alarme, il m'a dit « maintenant ça suffit, il va trop loin ». Je ne suis pas intervenu. En août, il a démissionné. En novembre, quand il a déclaré sa candidature, il n'a même pas pris le soin de m'appeler, il s'est contenté d'un SMS.*

Quelqu'un n'est pas élégiaque, quelqu'un n'est pas colérique, ses traits ne trahissent aucune émotion. Son expression reste figée dans un masque de froideur qui ne lui ressemble pas, lui qui est habituellement si drôle, si truculent.

Depuis cinq ans, il a eu le temps de digérer les sentiments. Pas les mots, vraisemblablement.

Ventouse

Brigitte, Brigitte, viens avec nous !, Brigitte, regarde !, Brigitte, tu as vu la fresque ?, Brigitte, on t'attend !, Brigitte, tu redescends les échafaudages avec moi ? Brigitte, dépêche-toi, il faut que tu sois sur la photo ! Brigitte, qu'est-ce que tu fais depuis tout à l'heure, où étais-tu ?

Sur le chantier de rénovation du château de Villers-Cotterêts, vous hélez votre amoureuse toutes les trente secondes, à croire que sans ses yeux vous êtes aveugle, sans sa main vous tombez, sans sa présence vous défaillez. Elle s'en amuse, hilare, *je ne peux pas faire un pas de côté, je vais me faire gronder !* Un aréopage d'une dizaine de personnes vous entoure, maire, architectes, éminences des Monuments nationaux, et pendant ce temps Brigitte fait les quatre cents coups. Parcourue de fous rires déclenchés par nos déguisements, casques, gilets fluorescents, bottes de caoutchouc, elle tourne en ridicule le vertige qui nous saisit en montant les dix étages de fer vacillants accolés à la façade de l'édifice, s'accroche au bras de Karim, son officier de sécurité, raille, *je ne te laisse pas avec Tchakaloff, elle est blonde, c'est dangereux !*, finit par me souffler, en montrant du doigt l'essaim qui bichonne son mari, *non, mais moi, je ne reste pas avec eux, je n'arrive pas à écouter les compliments indus durant des heures les bras ballants !*

Naturellement, tout est de ma faute. Les émissaires du service de presse, Quitterie, Manon, Marie, me font la leçon à plusieurs reprises, m'intimant l'ordre de m'éloigner de la première dame, *décroche, tu ne vois pas que tu sèmes la pagaille ? Je te signale que nous sommes dans un déplacement présidentiel !* N'entendant rien à leurs reproches, tu me rappelles régulièrement auprès de toi, si bien qu'elles abandonnent leurs apostrophes.

Déambulation. Tu commentes les larges escaliers de pierre en cours de rénovation, *un chef-d'œuvre, tout l'esprit de la Renaissance... tu as vu la salamandre ?*, discutes avec les ouvriers du chantier, leur poses mille questions, essuies ton front lorsque nous arrivons tout en haut de l'échafaudage tremblant sous le poids de notre troupe, toujours agrippée au bras de Karim, *tu devrais discuter avec lui, il donne des cours de boxe au président depuis cinq ans*.

Brigitte ! Ça ne t'intéresse pas ? Il t'appelle, encore, alors qu'il tire sur une chaîne reliée à une poulie afin de placer une lucarne, symbole de la participation présidentielle à la restauration. Tu fais mine de fixer ton attention sur lui un instant, avant de reculer, tout à l'écoute d'une architecte qui retrace l'histoire du château depuis François Ier, l'évolution des travaux, *le plus gros chantier français en cours, après Notre-Dame*.

Je m'étais rendue dans ce lieu à vos côtés en 2017, deux mois avant l'élection présidentielle, le bâtiment s'émiettait, en ruine. À cette époque, vous aviez déjà en tête la création d'une « cité internationale de la langue française », celle qui va éclore ici, faisant écho à l'ordonnance qui y fut édictée en 1539, imposant le français comme langue officielle.

C'est le grand projet du quinquennat Macron, sa grande bibliothèque à lui, sa pyramide du Louvre, son Quai Branly. Le melting-pot d'écrivains historiquement rattachés à la région de l'Aisne n'est pas étranger au choix du lieu, Alexandre Dumas, Jean-Jacques Rousseau, Jean Racine, Paul Claudel. Le fait que le maire de la ville appartienne au Rassemblement national, non plus.

En rejoignant la cour rectangulaire du château à l'issue de la visite, le président insiste sur la bibliothèque qui sera installée dans ces murs, se tourne vers le maire, *il n'y a pas de bibliothèque dans cette ville, j'imagine ?* Tout le monde se marre. Le chef de l'État pense que le Rassemblement national ne sait pas lire.

*
**

Château-Thierry, le même jour, quelques heures plus tôt. Vous laissez Brigitte tranquille, aspiré par une autre fascination.

Dans les jardins de la maison de Jean de La Fontaine, ravissante bâtisse du XVIe siècle bordée de rosiers, mûriers, allées de primevères, vous écoutez Fabrice Luchini comme on déshabille une fille. La bave aux lèvres.

Celui-ci vous coupe régulièrement le sifflet, vous le laissez faire dans un ravissement non dissimulé. Vous dites, *Fabrice Louuuchini ne veut pas parler de lui, alors il se met au service du texte des autres*, le comédien récite « L'Ours et l'Amateur des jardins », *un ours à demi léché... confiné par le sort dans un bois solitaire... vivait seul et caché... Il fût devenu fou ; la raison d'ordinaire n'habite pas longtemps chez les gens séquestrés*. Il s'interrompt, vous dévisage, incisives sorties, *non, mais vous vous rendez compte ? L'ours est devenu fou à force d'isolement ! Voilà un bon conseil pour votre gouvernement, Véran, Blanquer et compagnie !* Vous riez aux éclats, Luchini donne de la rime à tour de langue, parle de Péguy, interpelle le conservateur de la maison, *ce monsieur que je pensais ambigu sexuellement*, le gars pique un fard, vous cachez d'une main votre bouche qui s'esclaffe. Puis, en évoquant La Fontaine, vous répétez plusieurs fois, *il échappe à la morale,* insistant sur son talent d'oralité, citez « Les animaux malades de la peste », évidemment.

Dans la médiathèque attenante, plusieurs enfants récitent des fables, les miment, présentent leurs lectures préférées. *La lecture, c'est comme les histoires d'amour, ça ne s'écrit pas avant, on tombe amoureux, c'est une rencontre...* En articulant cette phrase, vous inondez Brigitte d'un regard de jeune éphèbe, *mon épouse a accompagné beaucoup de bambins vers la lecture*, réclamez à Fabrice Luchini l'étalage de son parcours, *comment es-tu arrivé à la lecture ?*, celui-ci s'exécute, provoquant les professeurs présents, *vous et moi, on fait le même métier, la différence c'est que moi, ils me payent et que vous, c'est gratos !*

Vous interrogez les enfants, *ça s'appelle comment le rôle que tu viens de jouer ? Le narrateur, oui, bravo. Tu nous la fais en mode contemporain ? Est-ce que tout le monde lit ici ? Ce que l'on peut trouver de l'âme humaine derrière un roman, c'est essentiel.*

Avant d'improviser un point presse consacré à la lecture – vous venez de la déclarer « grande cause nationale » –, Soazig, votre photographe, sort de son sac des buvards absorbants pré-imprégnés de fond de teint, vous les passe sur le front, telle une Barbie que l'on joue à maquiller. Vous la laissez faire, signez des autographes sur les premières pages des livres de La Fontaine que vous tendent les élèves, comme si vous en étiez vous-même l'auteur. Et, découvrant ma proximité physique, vous vous approchez de moi, *comment tu vas, Gaël ?* Je vous réponds quelques banalités lorsque Quitterie intervient, vous glissant deux feuilles à parcourir, *laisse-le, il doit se concentrer, il va répondre aux micros tendus dans deux minutes !* Vous vous bidonnez, *bon, on arrête, sinon elle va te ceinturer !*

Les « amazones » de Mouammar Kadhafi n'ont rien à vous envier.

À Château-Thierry, à Villers-Cotterêts, vous vous jetez à deux reprises dans la foule, avec un goût de la transgression que trahissent votre sourire en lame de rasoir, vos mains qui attrapent celles que l'on vous offre comme des cadeaux, votre tête rapprochée à deux centimètres des visages anonymes pour recevoir leurs postillons.

Brigiiiiiiiitte on t'aime, reste comme tu es ! Manuuuuuu, t'es beau gosse, récite-nous une fable ! Vous entrecroisez vos doigts dans ceux qui vous saisissent, pendant que les barrières métalliques ploient sous la pression des badauds. Vous avancez toujours devant, vos officiers de sécurité restent derrière vous, ils n'ont jamais le temps de mieux faire. La gifle que vous avez reçue quelques jours plus tôt n'a rien changé à votre comportement. Bien au contraire.

Ineffable plaisir de braver l'interdit, comme un enfant.

Onanisme

Vous êtes heureux, vous nagez dans le bonheur, vos yeux de chérubin dessinent l'éblouissement d'un premier tour en grand huit. Puis votre regard se fige en dedans de vous-même. Dans un geste machinal, vous jouez à ouvrir et fermer les boutons de votre petit manteau bleu marine parfaitement ajusté. Vous demeurez un long moment mutique au centre de la nef, cuisses et mollets tendus, rebondis, l'arrière des genoux creusé, toujours si cambré que vous risquez de basculer en arrière, la carapace de la tortue à l'envers. Vous êtes seul avec vous-même, votre projet, votre destin. En pleine jouissance de l'incarnation du pouvoir.

L'enceinte du Panthéon privatisé vous protège des chaos du monde. Ce soir, c'est la générale de votre spectacle, la veille de la cérémonie de panthéonisation de Maurice Genevoix, vous êtes une sorte de Patrice Chéreau au théâtre des Amandiers. Metteur en scène, créateur version grand ordonnateur.

Tout est oublié, le terrorisme, le Covid, l'impopularité. Le temps d'une soirée, l'art métamorphose la matière sociale, suspend l'angoisse. Le dehors s'efface, ne restent que les tableaux, effets sonores, jeux de lumières. Derrière l'immense porte fermée, l'écho de nos pas berce nos regards ébahis sur l'allée centrale. Personne ne moufte, personne ne subsiste. L'ampleur de l'édifice, la violence lugubre des toiles d'Anselm Kiefer écrasent l'individualité.

Une poignée de figures élyséennes arpentent les allées marbrées sur la pointe des pieds pendant que tu avances lentement, Brigitte flottante semblant survoler le sol, manteau beige, bottes plates à boutons, surmontée de cette coiffure en orage qui te caractérise. Je m'approche de toi, guignant quelques sous-titres. Dans un éclat de rire étouffé par tes paumes, tu dis, *j'espère qu'on ne sera jamais enfermés dans un truc pareil !*

Pendant ce temps, vous sortez brutalement de la zone blanche contemplative. Quelque chose vous pique, vous démange. Devant le pendule de Foucault, vous butez sur un monticule imaginaire, front creusé, ride du lion saillante, air excédé. Vous faites les cent pas, en long, en large, en travers, tournez autour d'un parterre de bleuets en papier qui vous chiffonne. Votre timbre guttural échappé d'une caverne accompagne la sentence, *ça ne va pas du tout, ça, il faut de véritables fleurs. Ah mais non, les fleuristes sont fermés pendant le confinement ?*, sans que l'on sache si votre question est une boutade ou si vous êtes sérieux.

Messes basses. Vous discutez à mots feutrés, quasi inaudibles, avec *vos* artistes, Anselm Kiefer et Pascal Dusapin, à croire que le rodage du spectacle de votre vie vous aurait sectionné les cordes vocales. Aucun de la dizaine que nous sommes n'ose aller vers vous. Chacun fait comme si le petit homme en bleu qui se trouve près de nous n'était pas le président de la République mais un gardien égaré qui ramasse les moutons sous le tapis.

Quinze minutes plus tard, vous donnez le *la*, sortez du gaufrage de bleuets, faites quelques pas en notre direction, *bonsoir, comment allez-vous ?* Personne ne répond, si ce n'est un courtois *bonsoir, monsieur le Président*. Personne ne dit *ça va* ou *ça ne va pas*. On ne donne pas de ses nouvelles au président, on ne prend pas des siennes non plus. L'état général corporel, psychique ou nerveux, n'existe pas au cœur du pouvoir.

Au pied des gigantesques fresques de Kiefer encadrant la porte, le plasticien allemand, drapé d'une sorte de coule noire à capuche, commente avec vous la généalogie de la commande, de la conception à la réalisation, vos multiples allers-retours, vos visites dans l'atelier de l'artiste. On croirait un maître d'œuvre et un maître d'ouvrage sur un chantier, peaufinant l'allure d'une façade. Tranchées recouvertes de branchages, costumes de tirailleurs sénégalais salis, constellation d'étoiles or et noir, ornée d'une carte indiquant Bar-le-Duc, Verdun. Vous vous ancrez dans le sol, vissé face à la toile intitulée *La Voie lactée*. Silence, suivi de votre assertion, *c'est très rimbaldien*. Et pour cause. Deux taches rouges pigmentent le bas du tableau, à droite, tandis que « Le dormeur du val » est inscrit en lettres minuscules, tout en haut. Vous parlez de Gide, *qui n'aimait pas la littérature de guerre*, de Péguy, de votre grand-mère qui vous fit découvrir Maurice Genevoix, rebondissez sur les mots de Kiefer glosant sur Barbusse et Jünger.

J'écris sur ma paume « Comment a-t-il pu échouer comme président de la culture alors qu'il l'aime tant ? »

Les murs vibrent, Dusapin déclenche la musique, enchevêtrement de chœurs et de voix scandant quinze mille noms de soldats morts pour la France pendant la Grande Guerre, y ajoute la sienne, *le président se montrait enthousiaste pour inclure la totalité des noms* (un million quatre cent mille), *mais le projet aurait duré des années*. Vous êtes parcouru d'un rire aigu, presque gêné, qui souligne votre pierre angulaire. Vous n'aimez rien plus que ce qui est hors cadre, quitte à finir dans le fossé.

J'ai le malheur de lancer à la cantonade, *cette partition rappelle des chants liturgiques, non ?* Chacun me toise d'un air consterné. Enfer et damnation d'un gros mot rompant avec le discours élyséen qui vend de la spiritualité républicaine sur fond de laïcité à pleins tubes.

Pendant ce temps, tu dispenses tes faveurs d'un groupe à l'autre dans une scénographie de patineuse artistique. En manque de dramaturgie, je me faufile contre toi, fais mine de me plaindre de l'absence d'attention de ton amoureux. Murmure cerné d'effronterie, *interroge-le, il sera bien obligé de te répondre !* Finalement, ce sera une affirmation à l'effet d'un gros caillou sans ricochet, *monsieur le Président, vous faites entrer la vie dans la mort, cela en dit long sur votre rapport à la postérité*. Pupilles en estocade, pattes d'oie signant l'amusement, absence de réponse. Bruno, au-dessus de mon épaule, *il adore ce genre d'incursion complètement perchée mais il n'a pas envie de te parler*.

La déambulation se poursuit, Dusapin montre l'application abritant son œuvre, rapproche son visage du vôtre, *vous souvenez-vous de cette folle soirée que nous avons passée ici jusqu'à une heure du matin ?* L'école buissonnière se lit dans vos cils qui frisent, vous relatez comme deux cancres cette nuit consumée à traquer les sons de la nef, des allées, des recoins.

Le groupe a créé un demi-cercle autour de vous. Vous placez vos mains dans vos poches, répondez à plusieurs questions qui semblent vous ennuyer à périr, yeux détachés, voix molle. Flottement. D'un coup sec, vous reprenez le manche, le dos retrouve sa droiture, l'œil cligne, vous détaillez le projet de Villers-Cotterêts. Monologue ininterrompu suivi d'une longue tirade sur la liberté d'expression, *le monde entier est venu pour* Charlie, *personne ne s'est déplacé pour Samuel Paty... Nous sommes trop habitués à nos libertés*.

Chacun écoute, statique, frigorifié, le Panthéon manque de chauffage. Je me recroqueville contre l'épaule de Tristan, qui m'attrape le bras, *regarde comment elle va faire pour le libérer*.

Tes yeux bleus de chat dépassent du masque, ta main se pose sur le poignet de ton mari, *chéri, il faut aller répéter, je crois ?*

Vous obéissez aussitôt, docile, hagard, nous saluant dans une courtoisie mélancolique. L'œil laiteux, les sabots traînent, comme si le retour au monde extérieur vous arrachait les tripes.

II

Zizanie

L'Élysée est un palais de cristal qui peut voler en éclats à la moindre maladresse.

Lorsque l'on vit en vase clos avec pour seule obsession le dernier dossier ou le prochain discours, lorsque le culte du secret cantonne la vie sociale aux apéritifs avec d'autres affidés pour discuter de la meilleure manière de servir le chef, toute nouveauté prend l'allure d'une glace à la fraise.

Doucement et presque imperceptiblement, un petit grain de sable est venu enrayer la machine. Il se prénomme Shéhérazade, j'ai naturellement travesti son identité afin d'éviter tout tracas à cette jeune femme autant qu'à ceux qui lui ont succombé.

Shéhérazade vient de fêter ses vingt-sept printemps. Grande école, cursus universitaire littéraire en France, elle est de nationalité étrangère, vit à Paris depuis quatre ans. Ses longs cheveux bruns, bouclés sont rassemblés en queue-de-cheval quotidiennement gominée, sa peau mate valorise un corps élancé, ses tenues sobres offrent chaque jour un détail affriolant qui n'échappe pas à l'œil des amateurs. Chemises, jupes, robes dans des matières fluides, maille fine s'ouvrant régulièrement sur un décolleté, le haut d'une cuisse dérobée. Shéhérazade ne marche pas dans les couloirs, elle ondule, coule comme une eau sucrée.

Arrivée en stage à la cellule diplomatique de l'Élysée, sitôt la louve non pas dans la bergerie mais au Château, elle a, en quelques mois à peine, fait tomber tous ces messieurs, les uns après les autres.

Œillades de biche, manières de chatte, mots doux ronronnés à chacun. À un conseiller de soixante-cinq ans, Shéhérazade envoie une invitation à dîner aux chandelles, à l'autre, elle sollicite une audience, s'assoit sur l'accoudoir de son fauteuil, mains glissées dans le cou du gaillard, *je voulais te dire, je crois que tu es l'être le plus essentiel qu'il m'ait été donné de rencontrer*, au troisième, elle propose un week-end à Florence, *je veux découvrir avec toi l'art italien*. Les nigauds en manque de chaleur humaine sont quotidiennement abreuvés de messages enflammés sur Telegram.

À l'exception de Clément, qui voit venir de loin son petit cirque, ils lui mangent bientôt tous dans la main. Shéhérazade, enhardie par ses succès et ses protecteurs, s'achemine chaque jour davantage vers le Saint-Graal.

L'affaire s'envenime lorsqu'elle parvient enfin à entrer en contact avec vous en participant à l'élaboration d'une prestation présidentielle médiatiquement retentissante sur un réseau social. C'est à cette occasion que cette délicieuse petite stagiaire essaie d'exister à vos yeux, elle qui a su vous rapprocher des jeunes, cette cible si chère aux hommes politiques. Dès lors, Shéhérazade voit ses chevilles et sa tête enfler au point de devenir méconnaissable. Elle se sent l'ombre du chef, sa muse autoproclamée. Pas une allocution, pas une conférence de presse ne se tient sans qu'on la trouve à votre droite, à votre gauche, derrière vous, devant vous, les pieds dans les câbles électriques, ses yeux noirs rivés à vos pupilles bleues, la bouche en cœur, hochant la tête à chacun de vos mots, donnant mille ordres à vos entourages, souvent de trente ans ses aînés.

Exaspérées, les conseillères de la cellule diplomatique réclament la mutation de la stagiaire, refusant de travailler plus longtemps avec celle qui ne passe plus les portes.

C'est alors Clément qui se charge d'elle, vraisemblablement pour l'avoir à l'œil. Mais cela ne dure que le temps des roses, ce dernier se lassant rapidement des caprices et des facéties de la courtisane. Il la transfère chez un autre conseiller, clairement énamouré, qui relate néanmoins les incessantes bizarreries de la princesse. Shéhérazade se vante notamment de collectionner les amants, dont un émir du Golfe, au mode de vie exubérant.

Après quelques recherches destinées à éclairer son présent et son passé, il est manifeste que sa vie est feuille vierge. La jeune femme n'a pas de profil sur les réseaux sociaux, le diplôme de la grande école qu'elle prétend détenir apparaît sur le site comme « en cours de validation ». Rien d'autre dans quelque université que ce soit. Shéhérazade n'a aucune existence tangible.

Mais qui est vraiment Shéhérazade ? se demande-t-on de toutes parts.

Entre-temps, quelqu'un de haut placé l'a nommée « chargée de mission », prolongeant ainsi sa présence au Château, désormais divisé en trois camps. Ceux pour qui la demoiselle est une espionne, ceux qui se contentent de démasquer ses allégeances masculines pour arriver au chef, ceux qui demeurent en pâmoison devant elle.

Quel angélisme confondant les a tous aveuglés au point de ne pas voir l'éléphant dans le couloir ?

Le premier camp, celui qui la soupçonne d'être un agent double, profite un jour qu'elle soit partie déjeuner avec un vieux briscard du Palais pour ausculter son ordinateur. Surprise du disque dur. Tous les conseillers de l'Élysée y sont rangés par ordre alphabétique, dates de naissance de chacun avec rappel d'alarme pour fêter leurs anniversaires, goûts, adresses personnelles, identité de leurs conjoints, lieux de leurs résidences secondaires. Un patient travail d'orfèvre.

Quelques jours plus tard, un ami écrivain me raconte avoir dîné à Sienne avec une jet-setteuse qui se gargarise de mondanités et claironne son histoire. Elle affirme travailler à l'Élysée et *très bien* connaître le président de la République. Naturellement, elle répond au prénom de Shéhérazade.

Comme un sparadrap que l'on tente de faire passer de main en main mais qui s'accroche, elle n'envisage pas sa mutation dans un ministère, *une fois qu'on a goûté à l'Élysée, on ne va pas ailleurs,* indique-t-elle, soutenue par deux conseillers historiquement à gauche, *on ne licencie pas une jeune fille sans motif. La pauvre, on va la mettre au chômage ? Je vais demander une grâce présidentielle,* me susurre l'un d'eux.

On peut avoir passé mille et une nuits à s'aiguiser en politique et conserver la naïveté de poissons rouges.

Matoiseries

Assis comme un gueux, tout au fond du Café Beaubourg, au milieu d'un vacarme d'enfer, il enchaîne les expressos. Il a délaissé son costume marron glacé trop grand pour lui, sa mine parcheminée, la frénésie tremblante du pouvoir analogue à celle d'un type qui vient d'aligner dix rails de poudre. Le Château, c'est fini. Le voilà redevenu semblable aux autres, fondu dans la masse. Tout laisse penser qu'il est un homme normal, à l'image de son ancien patron, hormis le fait qu'il semble remonté comme un coucou. *Le pire jour de ma vie, c'est celui où j'ai vu le numéro de l'Élysée s'afficher sur mon téléphone, j'ai cru que le cauchemar recommençait, que mon tortionnaire me rappelait. En fait, la meuf du standard de l'Élysée s'était plantée.*

Le microcosme le prend pour un loser, il s'en moque. Il a connu le président à l'ENA, il avait vingt ans, deux ans de moins que lui. L'amitié lucide ne pardonne rien. Il ne lui a pas dit qu'il me voyait. Il a passé le mur du son, le mur politique, le mur social, le mur de la désinhibition, il a gratté le fond de la cuve, alors il dit tout.

Il attaque fort, *moi, j'ai un problème avec sa victoire, je ne pensais pas qu'il gagnerait. Le connaissant, quand il a commencé à se faire passer pour le patron de la « start-up nation » alors que le mec a eu un computer en 2014, pour le président de la « new generation » tandis qu'il n'est jamais allé en boîte de nuit de sa vie, qu'il a eu la vie qu'on a à quarante ans quand il en avait vingt-cinq, qu'il n'a pas baisé l'intégralité de la planète entre vingt et trente ans, qu'il est anormal parce qu'il n'a jamais eu de souci avec la drogue, le sexe ou l'alcool, que sa vraie originalité, c'est pas qu'il est normal, c'est qu'il est straight... Eh bien, tu vois, je pensais que les gens ne pourraient pas le croire. J'avais oublié un truc évident, le mec est physiquement jeune. Pour moi qui suis communicant, c'est fascinant, je me dis, oui, c'est vrai, on peut dire qu'on est un président footballeur parce qu'on met un short et un maillot et tous les journalistes écrivent qu'il est supporteur de l'OM, même s'il ne s'est jamais intéressé au football.*

Je masque ma surprise, sifflote en commandant un earl grey. Durant l'entretien, il renouvelle plusieurs fois les mots affectueux à l'égard du chef de l'État, il est viscéralement attaché à lui mais il connaît ses failles. *Ça me surprend toujours aujourd'hui qu'il soit président, parce qu'en fait, c'est inouï ce qu'il a réussi par la rapidité de l'ascension et, en même temps, ça banalise totalement la fonction. Je l'avais déjà banalisée avec Hollande, mais alors là, ça devient quasiment plus facile d'être président que d'avoir un bar, je connais plus de gens qui ont réussi à entrer à l'Élysée qu'à ouvrir un PMU, c'est complètement absurde.*

Débit à cent à l'heure, logorrhée nerveuse que rien n'arrête. *Le vrai tournant, c'est quand il est parti de Rothschild pour aller chez Hollande, la conquête du pouvoir l'a physiquement modifié. Je l'ai quitté à l'ENA, je le retrouve en tant que collaborateur à l'Élysée, c'est plus le même mec. Quand je l'ai connu, il avait encore son look de lycéen khâgneux, cheveux longs bouclés, chemise ouverte de philosophe-poète-amoureux transi avec un léger embonpoint. Je découvre à l'Élysée un gars amaigri, asséché, le cheveu très court, le costume de banquier et tout le tralala. La mue s'opère à ce moment-là. Il reste le même homme provocateur, inattendu dans son phrasé, qui s'auto-ringardise parce qu'il est plein d'auto-dérision, avec cette forme de légèreté teintée d'intelligence prodigieuse, mais personne ne le voit. Il a le même problème qu'Hollande, l'expression publique l'anéantit par la volonté de paraître un autre.*

Nous nous connaissons depuis le quinquennat de François Hollande – il vivait alors jour et nuit avec ce dernier –, sommes moins liés par l'amitié que par le respect, la tendresse d'un passé commun. L'interrogeant sur les relations entre les deux présidents, j'appuie sur le point G, comme ses initiales, Gaspard Gantzer. Moment abyssal, de solitude pour moi, d'émotion pour lui. *Il n'y a plus aucune relation entre Hollande et Macron, je pense que Macron l'a trahi mais cela ne fait pas de lui un enculé. Hollande dit, « je lui ai tout donné, il m'a trahi ». Emmanuel dit, « il est venu me chercher, je ne lui ai rien demandé ». Mais la réalité, c'est qu'Hollande a donné sa confiance à un gars, à plusieurs reprises, et que dès septembre 2015, ce gars se prépare à la présidentielle, parce qu'il veut être président de la République depuis toujours. À ce moment-là, Hollande peut vivre sans Macron, mais Macron ne peut pas vivre sans Hollande, parce qu'il voit la fenêtre de tir, il comprend avant tout le monde qu'Hollande ne pourra pas être réélu, alors il s'organise. La morale n'est pas le cœur du problème. La politique, c'est comme un sport, au rugby tu plaques, à la boxe tu boxes, tu n'en veux pas à ton adversaire de t'avoir mis un coup de poing, ça fait partie du jeu. La véritable question est humaine. Hollande n'était plus sur le terrain politique avec Emmanuel, il a eu un « crush » amicalo-filial pour lui, il s'est entiché de lui, et ce n'était pas réciproque. Hollande savait qu'Emmanuel avait envie d'être candidat, il affirmait, « jamais Emmanuel n'osera venir dans mon bureau me dire, "je démissionne, je vais être candidat contre toi" ». En effet, la veille de sa démission, Emmanuel s'est rendu dans le bureau de Hollande et ne lui a parlé de rien. Le lendemain, il lui a annoncé sa démission par SMS. Hollande lui a répondu « Tu ne t'en tireras pas comme ça, viens me voir. » Emmanuel est arrivé et lui a affirmé, « j'ai démissionné, mais c'est pour t'aider, je ne serai pas candidat ». Voilà. Depuis, Emmanuel n'aime pas trop voir Hollande, parce qu'il sait qu'il n'a pas été très franc. Emmanuel n'est pas du tout un mec méchant, il s'attache sincèrement aux gens. En revanche, quand il entre dans le business, il peut être impitoyable.*

Je lui propose d'aller fumer une cigarette dehors, j'ai besoin de reprendre mon souffle, celui qu'il vient de me couper net. Il refuse, débordé par le besoin de tout sortir, tout déballer. Croyant calmer le jeu, je lui parle de toi, Brigitte. Je sais qu'il te voit de temps à autre, tandis que le président se contente d'échanger par SMS avec lui.

Nous reprenons l'histoire depuis le début, leurs premiers pas à Strasbourg après l'entrée à l'ENA, *un jour Emmanuel est en retard, il dit, « je suis désolé, j'étais à un cours de théâtre ». Je lui réponds, « t'as pas perdu de temps, on est là depuis une semaine et tu prends déjà des cours de théâtre ? ». Il rétorque, « non, je les donne, les cours ». Je pense, c'est quoi ce mec ?, il ajoute, « c'est parce que Brigitte a vécu ici ». Brigitte ? C'est pas un prénom de notre génération. Les autres me préviennent, « c'est la nana d'Emmanuel, tu verras, y'a une légère différence d'âge ». Et un soir, je vois arriver cette femme qui fait plus jeune que son âge mais nettement plus vieille qu'Emmanuel, et là, ce qui est incroyable, c'est qu'ils se comportent comme un couple d'adolescents, ils se roulent des pelles, se tiennent tout le temps par la main, ça nous met tous mal à l'aise. Pas parce qu'on trouve cela décalé mais parce qu'on est presque jaloux, ils vivent un truc de dingue, ça saute aux yeux.*

Plus tard, il y a leur mariage, Emmanuel fait un discours d'hommage appuyé à Brigitte, puis un monsieur de quatre-vingt-cinq ans prend la parole, je demande, « qui est le mec ? », on me susurre, « c'est Henry Hermand, le meilleur ami d'Emmanuel », je crois à une blague. À côté, il y a un autre vieux monsieur, un autre pote de Macron, il s'appelle Michel Rocard. Tout était comme ça.

Sous ses vêtements sportswear, les muscles affleurent. Il a un charme fou, il le sait, étaye le reste de ses souvenirs. *Quelque temps après, Hollande croise Emmanuel, le premier a vingt-trois ans de plus que le second, Macron doit avoir trente ans à l'époque. Plusieurs jours passent, il lance à Hollande, « je fais un dîner chez moi, viens, il y aura Xavier Niel, François Pinault, genre Renaud Capuçon et Bob Marley* (sic) ».

Quand je vais à mon tour sur leur terrasse, je m'aperçois qu'ils ont une science de l'organisation des réceptions, tout est calé, ils ont l'habitude. Brigitte est hyper sympa, hyper chaleureuse, c'est incontestable, mais pour le dire positivement, elle est hyper intelligente, dédiée à la réussite d'Emmanuel. Elle lui offre un amour inconditionnel qui le porte, lui donne une confiance en lui démesurée et des ailes dans le dos. On est dans la cour des grands, c'est pas des petits naïfs ramassés au coin de la rue, pour réussir ce qu'ils sont parvenus à faire. C'est le couple présidentiel le plus fusionnel de l'histoire et le couple d'êtres humains le plus fusionnel rencontré dans mon existence. Je ne connais personne qui soit aussi imbriqué, aucun couple n'a une telle intensité de sentiment et de complicité après plus de vingt ans de relation commune. Comme si la victoire contre l'adversité du petit monde d'Amiens leur avait donné une force éternelle.

Réveil brutal. Les amants diaboliques enterrent le prince et la princesse du château doré. Ils ont rapté le pouvoir suprême avec préméditation. Adieu, Bruno Bettelheim.

J'avale une grande gorgée de thé, *merci Gaspard, c'est du off, évidemment, je n'écrirai rien, on s'arrête là*. Il rétorque dans un sourire rusé, *oui bien sûr, c'est du off, je sais que je parle à une écrivaine-journaliste*. Je ramasse mon sac, mon manteau, l'embrasse les bras serrés. Je le sens profondément bouleversé. Il se lève en même temps que moi, *attends, il faut ajouter un truc, parce que tous les fils de médecin de province ne sont pas devenus présidents : politiquement, il faut que tu saches qu'il était de la gauche chevènementiste. Je l'ai vu évoluer dans le discours, mais dans le fond des idées, il n'a pas tellement changé. C'est un étatiste, pas du tout libéral, plutôt nationaliste*.

Dans sa bouche, je ne sais pas si c'est une pique ou un compliment.

Bunker

Un jour, tu m'as fait de la peine. Au point de pleurer, sangloter, hoqueter au téléphone, tant j'étais abasourdie, désarçonnée par ta réaction.

Je venais de t'indiquer que mon livre traiterait de vous deux, et non du président seulement, qu'il me semblait impossible d'écrire sur lui sans écrire sur toi. Tu ne l'as pas supporté. Tes verbes radicaux, métalliques, définitifs, ta colère froide ont interrompu notre échange.

Silence.

Une étrange assertion est venue rompre la glace, *Nemo, Nemo, arrête... excuse-moi, je suis dans le parc, Nemo est en train de se rouler dans la boue*.

Quelques secondes plus tard, tu as asséné, *il faut que je te laisse, Aurel* (l'un de tes petits-enfants) *vient d'arriver*. Et tu as raccroché.

Pendant la nuit, j'ai pensé que, vissée au fond de ton cœur, une forme de dureté m'avait échappé. Mais la vérité est ailleurs, plus complexe. Certains sujets te perturbent tant, te bouleversent si profondément que tu fermes les écoutilles. Tu donnes, tu t'offres plus que le président, et par là même les retours de manivelle se font plus sévères.

Le lendemain matin, tu m'as rappelée pour savoir si j'allais mieux, répétant plusieurs fois, *Emmanuel est très solide, il est plus solide que moi. Moi, je me mets en retrait, c'est ma manière de me protéger, je ne sais pas, je ne peux pas faire autrement.*

Votre couple est l'unique sujet qui déclenche ce type de réaction. Il ne faut pas y toucher, *je ne veux pas que l'on parle de nous, je ne veux pas que notre couple soit exposé.*

Quels abysses as-tu traversés pour passer du lyrisme au masque de fer en un claquement de doigts ?

Métronome

Chaque heure produit un son, chacun d'eux dit ton action. Selon le moment auquel sonne mon portable et s'affiche ton nom, je sais où tu te trouves, quelle situation se déroule, comme un paysage, une note de ton quotidien.

L'aurore et ses déclics courts et réitérés telle l'alarme d'un réveil, toutes les minutes, parfois plus, parfois moins, tu pédales sans répit sur ton vélo elliptique qui t'ordonne arrêts et répétitions dans vos appartements privés, durant près d'une demi-heure. Le temps n'a pas de prise sur toi, tu es Jane Fonda. Récemment, nous avons même envisagé de prendre ensemble des cours de danse. Le projet n'a pas abouti, faute de professeur suffisamment fiable pour taire l'intimité.

Craquements des boiseries du parquet, pas feutrés, sur les moquettes, les tapis. Ton rire en pleine journée, comme un éclair, toujours précédé d'un *alors, là* qui introduit l'histoire que tu t'apprêtes à me raconter.

Au crépuscule, le crissement de tes allées et venues résonne sur les graviers du parc de l'Élysée. Tu promènes Nemo en passant tes coups de fil. Tes conseillers veulent faire de ce chien un être parfait, une mascotte. Mais Nemo ne veut pas sortir, il grossit à vue d'œil, *ça agace Emmanuel*, ton souffle se fait plus présent au fil de ta cavalcade. *Je suis obligée de l'emmener dans le jardin, sinon il reste enfermé, il ne bouge pas*. Les petits cailloux ne s'entrechoquent qu'à la nuit tombée, hormis lors du premier confinement où ils crépitaient de l'aube au scintillement des étoiles.

Diapason nocturne, tardif. Après vingt-deux heures, en l'absence de dîner officiel, familial ou de déplacement international, tu retrouves un espace de solitude pendant que ton amoureux travaille. Parfois, notre conversation s'éternise, tu l'interromps brutalement, *il faut que je raccroche, il me bipe !*

Un soir, je te rapporte cette phrase de Xavier Niel, *on s'est aimés tous les quatre parce que nous étions deux couples dissonants*. Condamné pour recel d'abus de biens sociaux dans un peep-show dont il était actionnaire, l'homme d'affaires fait référence à la vie qu'il partage avec Delphine Arnault, fille de Bernard Arnault. Variation sur le même thème, ce mot d'un autre de vos proches, *Brigitte a été courageuse de laisser Emmanuel se présenter alors que c'était pile le moment où leur couple trouvait l'apaisement, sortait du chaos social et familial*.

Les graviers cessent leur partition, tes foulées s'arrêtent.

Rideau de fer, souffle de minotaure, suffocant, tout droit sorti d'un détendeur de plongée.

Transformisme

Une nuit, mon téléphone s'éclaire vers deux heures du matin. C'est un message sur Telegram provenant de vous, Emmanuel. Il y est inscrit « J'ai toujours eu mille ans. »

Depuis, je n'ai de cesse de relire cette tirade shakespearienne de Jacques dans *Comme il vous plaira* :

« Le monde entier est un théâtre, et les hommes et les femmes ne sont que des acteurs ; ils ont leurs entrées et leurs sorties. Un homme, dans le cours de sa vie, joue différents rôles ; et les actes de la pièce sont les sept âges. Dans le premier, c'est l'enfant, vagissant et régurgitant dans les bras de sa nourrice. Ensuite l'écolier, toujours en pleurs, avec son frais visage du matin et son cartable, se traînant, comme le limaçon, à contrecœur jusqu'à l'école. Puis vient l'amoureux, qui soupire comme une fournaise et chante une ballade plaintive qu'il a adressée au sourcil de sa maîtresse. Puis le soldat, prodigue en jurons étranges et barbu comme le léopard, jaloux de son honneur, emporté, toujours prêt à se quereller, cherchant cette chimère qu'est la renommée jusque dans la bouche du canon. Après lui, vient le juge au ventre arrondi, rempli d'un bon chapon, l'œil sévère, la barbe grave ; plein de sages dictons et de maximes triviales ; et c'est ainsi qu'il joue son rôle. Le sixième âge offre un maigre vieillard en pantoufles, avec des lunettes sur le nez et une poche de côté : les chausses bien conservées de sa jeunesse se trouvent maintenant beaucoup trop larges pour son mollet ratatiné ; sa voix, jadis forte et mâle, revient au fausset de l'enfance, et ne fait plus que siffler d'un ton aigre et grêle. Enfin le septième et dernier âge vient clore cette histoire pleine d'étranges événements ; c'est la seconde enfance, état d'oubli profond où l'homme se retrouve sans dents, sans yeux, sans goût, sans rien. »

Vous avez quarante-trois ans.

J'ai déjà pu observer chez vous les sept âges et les sept personnages afférents.

Dans le désordre.

*
**

Dans l'Essonne, vous venez présenter la stratégie quantique. Vous distillez des *ouais* ponctuant les analyses et laïus des chercheurs sur les processeurs, mélangez franglais et chiffres avec des équipes de Palo Alto. On croirait Mark Zuckerberg sans tongs, tout droit débarqué de la Silicon Valley.

Comme souvent, vous êtes arrivé très en retard. Bruno Le Maire jaspine au-dessus de mon épaule, *c'est quand même un problème. Même pour les conseils de défense, il nous convoque à neuf heures et il ne débarque jamais avant neuf heures trente, alors qu'il sait pertinemment que dans une vie de ministre, on est tous calés à dix minutes près.*

Cédric Villani fait irruption, pellicules dans le dos, se pousse du coude pour être placé juste devant vous. Ses yeux crapahutent sur les badges « presse », les détaillant un à un. Il salue tous ceux qui en portent dans une courtoisie surjouée. Ayant droit à la même attention, le cameraman de France 2 m'adresse un regard interloqué.

Deux heures plus tard, sur un campus. Vous rencontrez des étudiants. Neuf filles, cinq garçons, climat morose d'une France sacrifiant sa jeunesse au rythme des confinements et déconfinements, sans reprise des cours en « présentiel » depuis près d'un an. Vous êtes assis en cercle avec eux. Frédérique Vidal, votre ministre de l'Enseignement, vous fait face, arborant de surprenants talons à croisillons dorés.

Au placard l'habit présidentiel déroulant une stratégie à coûts de milliards, vous voilà désormais jeune pousse de la génération Y. Adaptation du ton, de la gestuelle, du verbe, du timbre. Vocabulaire simplifié, grêlé de tournures sarkozystes, *j'vais pas vous mentir, on reste dans une période d'incertitude, j'peux pas vous dire pendant combien de temps on va vivre avec ces contraintes*. Vous employez le terme *revalo* en lieu et place de « revalorisation », utilisez en ritournelles les mots *implémenter*, *boulot* ou *bosser*. Par sept fois, vous parlez de *résilience* ou *résilient*, comme si vous aviez passé la nuit avec Boris Cyrulnik. Articulation lente, digne d'une séance chez l'orthophoniste, langue décadenassée, *c'est une réponse pratico-pratique, vous m'avez coupé le sifflet et vous avez raison*. Vous ne terminez pas vos phrases, soit parce que vous êtes interrompu par un jeune, soit parce que vous êtes vous-même devenu un chien d'arrêt sans gibier, en quête d'une piste forestière praticable.

Vous demandez des explications, comme si vous acheviez un audit de l'université française. Mais le pouls de la France des vingtenaires se prend-il à quinze en l'espace de deux heures ? Vous êtes comme eux, largué sur un terrain vague.

Il semble parfois que vous évoquez votre passé, *le temps entre les cours, c'est là qu'on fait les rencontres amicales, amoureuses*. Bloc-notes sur les genoux, jambes écartées à quatre-vingt-dix degrés, vos pointes de pied traduisent l'état délétère de l'auditoire. Elles se soulèvent et battent le tempo sur les paroles douloureuses. Les étudiants s'expriment par groupes, vous tentez d'ordonnancer le désordre mental environnant. *Première chose, deuxième chose, troisième chose,* reviennent en boucle, telle une volonté manifeste de ne pas perdre le fil dans cette ambiance de plomb, où chacun espère que vous fassiez ciel bleu.

Une élève en psychiatrie, *le taux de dépression et de suicide augmente, pas mal d'entre nous pensent passer à l'acte, on n'a aucune échappatoire.* Vos mains recouvrent vos mâchoires, vos joues, vos tempes, mangent vos yeux. Un autre étudiant en médecine réclame une aide psychologique généralisée, *il y a eu deux suicides en deux semaines, je ne prends pas un gros risque en vous disant qu'il y en aura d'autres*. Vous posez vos notes au sol, les jetez quasiment, *écoutez, on cogite ensemble, j'peux pas faire envoyer des mails à tous les étudiants pour savoir s'ils veulent voir un psy... Il faut prendre soin les uns des autres, on doit avoir un rôle d'alerte, libérer les consciences.*

Deux repas pour un euro, chèque psy généralisé, vous avancez à tâtons, mué en créatif dont on attend les idées sur-le-champ. Aujourd'hui, votre cellule de crise est composée de gaillards tourneboulés, et vous aussi, semblez avoir le tournis. Vous donnez régulièrement la parole à votre ministre pour préciser, accompagner, lorsqu'une nouvelle hypothèse vous vient à l'esprit. Contre toute attente, celle-ci ferme systématiquement les portes avec des formules du type, *sur le calendrier, c'est difficile d'affirmer les choses comme vous le faites*. Vous fixez le plafond pour ne pas la licencier dans la minute.

Vos pointes de pied battent subitement une cadence accélérée, vos mains s'agitent, *les prochains mois vont être assez durs, collectivement. C'est beaucoup plus dur pour vous, ma responsabilité, c'est de ne pas l'oublier. Il ne faut pas opposer les générations, on essaiera de ne pas vous laisser la dette Covid en plus de la dette climatique. Je voudrais qu'on essaie de se serrer les coudes dans une résilience, j'suis convaincu qu'il y a du bon, vous êtes une chance pour la nation, j'veux qu'on arrive à bâtir la suite.*

Auditoire sourd et muet. Visages fermés. Vous reposez vos pieds à plat. Grande inspiration, sourire. *Et par contre, je ne pourrai pas rouvrir les bars tout de suite.*

Tout le monde se poile.

Vous en profitez pour sonner la fin de la rencontre, debout, le corps voûté. Les étudiants s'agglutinent autour de vous, *ça nous fait plaisir, c'est enrichissant,* dit l'une. Vous marquez un temps, l'air étonné, *ah bon ?* Vous semblez soudain ne plus avoir envie de partir, restez un bon moment en état d'hébétude, errant de l'un à l'autre. Animal perdu sans collier.

Clément vous attend, à quelques centimètres. J'entends une conseillère élyséenne lui murmurer, *pas facile ce quinquennat, hein ?*

Rolleiflex

Nostalgie des premières occasions, quand vivre était ce que nous faisions.

Il y eut l'effusion. Le jour du premier tour, dans l'après-midi, Sylvain m'avait communiqué les résultats, il sanglotait de fatigue et de joie. C'était il y a presque cinq ans. C'était il y a cent ans.

Le soir même, je vous ai rejoint à La Rotonde, accompagnée par l'un de vos proches. Je t'ai envoyé un message pour te prévenir de notre arrivée, vers vingt et une heures. Flashs, caméras, micros se bousculaient devant l'entrée de la brasserie. Je passais sous le cordon rouge, hélant Christian, l'officier de sécurité d'Emmanuel avec lequel j'avais fumé tant de cigarettes dans le froid durant toute la campagne. Sans aucune question, il nous conduisit au premier étage du restaurant où vous receviez debout, postés derrière le rideau de velours. L'allocution que le candidat venait de prononcer, les enjeux qui l'attendaient, nous avons parlé de tout, dans un joyeux désordre. Tu nous fis asseoir, nous proposant de rester dîner. Une poignée de minutes plus tard, quelque chose a commencé à clocher. Plusieurs convives issus du monde du spectacle, pulls en cachemire septuagénaires, se tenaient jambes ouvertes sur les canapés, avachis, coudes sur les tables, rires trop bruyamment déployés, verres trop pleins. Nous avons levé le camp, précipitamment. Mon ami me déposa en bas de mon immeuble, *c'est étrange comme ces gens se conduisent mal, sans tenue, sans retenue, non ?*

Il y eut la nuit, celle de l'entre-deux tours. Quartier des Invalides. Nous dînions sur le tard au restaurant Lily Wang avec mon amoureux lorsque nous sommes tombés sur vous. Ce fiancé, de dix ans mon cadet, s'adressant à Emmanuel, *j'ai fait comme vous, j'en ai pris une plus vieille, ça maintient l'esprit en éveil !* Tu étais hilare. Plus tard, j'ai pris le candidat à partie à propos d'Édouard Philippe, dont le nom bruissait déjà pour entrer à Matignon. Je connaissais le garçon et la rumeur l'entourant d'opportunisme, d'absence de loyauté, pour avoir suivi Alain Juppé durant dix-huit mois lors d'un précédent livre. Emmanuel me coupa, ses yeux dessinaient des virgules, *relis Plutarque, et tu sauras qu'il vaut mieux travailler avec un homme dont tu sais qu'il peut trahir plutôt que d'être trahi par surprise*.

Je n'avais jamais lu Plutarque. Le soir même, je me suis ruée sur quelques-uns de ses textes, j'ai découvert ce passage glaçant de *Vie de Romulus*, consacré à la trahison de Tarpéia « Antigonus n'est pas le seul qui ait dit qu'il aimait ceux qui trahissaient, mais non pas ceux qui avaient trahi [...] car c'est là un sentiment commun qu'éprouvent à l'égard des méchants ceux qui ont besoin d'eux, comme on a besoin du venin et du fiel de certaines bêtes sauvages : on les aime au moment où l'on se sert d'eux ; on déteste leur méchanceté quand on en a tiré profit. »

Il y eut la lumière, celle du pouvoir, celle de l'opinion et des médias qui t'attendaient au tournant. L'essentiel des moments passés ensemble la première année du quinquennat fut émaillé du même sujet. Réfléchir à ton rôle, ta mission, ton activité. Tu nourrissais l'anxiété des débutants, ne sachant pas si tu choisirais de t'orienter vers des missions horizontales ou verticales, un seul ou plusieurs secteurs de prédilection. Tu cherchais à pallier les manquements des ministères, les lacunes de la machine exécutive.

Nous déjeunions à la brasserie La Fontaine de Mars, abordions immanquablement le même sujet en avalant pâté de campagne, poireaux vinaigrette, poulet rôti, pommes de terre, café gourmand, accompagnés d'un ou deux verres de vin blanc. Je te conseillais de faire financer tes projets par des anonymes sur les plateformes participatives, comme KissKissBankBank. Le lendemain, un conseiller élyséen me fit la leçon, *la première dame n'est pas une start-up*.

Il y eut les déconvenues, les désarrois, à l'image de ce repas dans les jardins du Palais, au retour de votre première visite officielle aux États-Unis. Tu étais encore libre, décomplexée, mimais Donald Trump aspergeant le bureau Ovale de désodorisant pour toilettes, pliée de rire, *pour nous, le bureau Ovale, c'était Kennedy, quand même, où va le monde !* Après ce voyage, tu as régulièrement fait état des difficultés du président, la planète étant majoritairement aux mains de dictateurs ou de populistes, si ce n'est les deux. *Mais comment fera-t-il pour que la France survive entourée de fous furieux ?* Pile à ce moment-là, mèche au vent, vous avez débarqué, descendant les escaliers du parc en sautillant, tel Julien Clerc à l'Olympia. Nous étions attablées entre les buis, sous un soleil radieux, le café servi, les mini-financiers alignés sur un plateau d'argent. Vous avez traversé la terrasse pour embrasser Brigitte, volant trois gâteaux – *je n'ai pas eu le temps de déjeuner* –, et avant de repartir pour la Bulgarie en courant, vous vous êtes serrés l'un contre l'autre, doigts entrecroisés.

Il y eut les concours de circonstances. Six mois après l'élection, Fabrice Luchini jouait *Les écrivains parlent d'argent* au théâtre des Bouffes parisiens. Assise au premier rang, frigorifiée, je n'avais pas retiré le manteau en faux léopard qui recouvrait mon dos, mes jambes. Au milieu du spectacle, dans une digression, Luchini chercha le nom de l'ancien secrétaire général de l'Élysée sous Nicolas Sarkozy, l'écorchant. Je ne pus m'empêcher de crier, *mais non, c'est Xavier Musca !* Il rectifia, me remerciant depuis la scène. Une poignée de minutes plus tard, il évoquait la présence d'une professeure dans la salle, louait sa superbe, donnait tant de détails que chacun leva les yeux, vous guettant dans les baignoires. Je t'ai envoyé sur-le-champ un SMS. « Quoi, vous êtes là ? Moi aussi ! On se voit après ? » Ta réponse, rapide « Nous dînons ensuite au restaurant d'en face, passe nous voir. »

Je parvins à convaincre l'ami qui m'accompagnait de venir avec moi dans ledit restaurant. Coup de chance, Christian était de corvée, désormais membre du Groupe de sécurité de la présidence de la République (GSPR). Il entrouvrit une lourde étoffe de feutre blanc. De l'autre côté, avec Fabrice Luchini et sa compagne, vous veniez de passer à table.

Luchini rieur, *ah, c'est donc vous, la souffleuse frimeuse.*

Emmanuel, *lorsque j'ai vu le manteau Léopard citer Xavier Musca, je savais que c'était toi, je l'ai immédiatement dit à Brigitte.*

Le lendemain, Sylvain m'interrogea sur la qualité du spectacle. Tout se savait déjà en temps réel.

Vodka

L'Élysée, intérieur nuit, bibliothèque Napoléon III. Quelques semaines avant le limogeage d'Édouard Philippe, tu me reçois pour un apéritif, je suis accompagnée d'un ami journaliste.

Portes-fenêtres ouvertes sur les jardins, le gazouillis des oiseaux célèbre la fin du jour. J'enchaîne les cigarettes – les extincteurs de fumée ne me repèrent pas –, sirote des verres de Zubrowka. Je suis sur le point d'en réclamer un troisième lorsque mon ami m'envoie un grand coup de pied sous la nappe, signe que nous devons passer au Champomy. Les quatre autres personnes présentes, toi, Pierre-Olivier, Tristan et Bruno, ne boivent que de l'eau. Tu te justifies, *pardon, j'ai un dîner officiel dans la foulée.*

Pour faire salle à manger, tu as installé une table ronde face à l'imposante cheminée. Les rayonnages de bois incurvés tapissent les murs couverts d'exemplaires originaux, tamisent les conversations. Un long bar en fer et céramique est soutenu, à chaque extrémité, par le bec de deux autruches dont les ailes articulées abritent des bouteilles. Au centre, un œuf tient lieu de seau à glace. Dans un éclat adolescent, tu ironises, *il est signé Lalanne, je dois fermer la porte à clef quand mes petits-enfants viennent, j'ai peur qu'ils le cassent, il est d'une valeur inestimable.*

Mon ami écarte sa chaise dans un sursaut inconscient.

Après quelques échanges de courtoisie, tu donnes rapidement le ton, *et du coup, vous, vous verriez qui dans le prochain gouvernement ?*

Loto sur Matignon.

Je me lance, avance le nom de Sylvain Tesson pour le ministère de la Culture. Jubilation générale, *non, mais elle est folle Tchakaloff, on va se retrouver pendus par les pieds à une bouteille de Smirnoff, catalogués droite réactionnaire.*

Bruno, *et Darmanin ?*

Toi, *oui, il est bien Darmanin, on l'aime beaucoup*.

Le journaliste se paye vos têtes, *Darmanin à la Culture ? C'est assez novateur, je dois dire*.

Bruno, *la Culture et l'Intérieur réunis, ça serait bien !*

Puis il reprend, très sérieux, *non, finalement, j'ai le bon candidat. On met Thierry Ardisson à la Culture.*

Inutile de nous resservir, nous pleurons de rire.

Le Premier ministre est démissionné une semaine après.

*
**

Huit mois plus tard.

Édouard Philippe fait la couverture du magazine *Le Point*, affichée sur tous les dos de kiosques hexagonaux, dont celui qui se trouve à l'angle de l'Élysée. Ce n'est que le début d'un battage médiatique aux allures de précampagne électorale. Chez vous tous, je perçois la stupéfaction, plus encore que l'agacement, face à la duplicité, au double discours de l'ancien Premier ministre. Ses entourages appellent régulièrement l'Élysée pour rassurer sur ses intentions, comme s'ils avaient été pris de court, alors que chacun sait combien sa sortie a été édifiée en amont.

Lorsque j'aborde le sujet avec l'un des amis du président, il le balaie d'un revers, *Emmanuel ne veut pas entrer dans ce genre de considérations. Il a horreur de la politique politicienne. Si Édouard Philippe souhaite se présenter, qu'il y aille. C'est la dernière de nos préoccupations. Une campagne présidentielle, c'est terriblement dur, il faut avoir les épaules larges et une dose de courage hors du commun pour l'affronter. Si Édouard avait ces qualités, nous l'aurions déjà remarqué.*

Swing

Un homme fume une cigarette aux aurores sur un canapé de cuir. Blanc comme un linge, tendu comme une corde à violon, il dit, *je te parle sans filets mais après on triera ce que l'on garde ou pas.*

Je reproduis ici en intégralité sa tirade ininterrompue. Il est l'un des trois principaux ministres du gouvernement.

Je vais te dire un truc, Emmanuel a un excellent contact avec les gens, très simple, direct, c'est un type super, détendu et ultra-disponible mais il renvoie une image qui est celle de l'arrogance et de la distance, donc il y a une disjonction. À mon avis, c'est le vrai problème que nous avons aujourd'hui, bien plus important que les questions de décisions financières ou autre. Cette image le suit parce qu'il se fait plaisir avec des petites phrases, juste pour être libre, profiter de sa liberté sur le terrain, hors du cadre du Palais, il est entiché de liberté. Mais il ne peut pas se le permettre, une seconde de relâchement, ça efface un an de déplacements. Toutes ses sorties sont vécues comme des provocations, pas comme des signes de liberté. Quand on fait de la politique, il ne faut pas se faire plaisir, il faut absorber ce que disent les Français et ils t'en sont reconnaissants, on ne peut pas rester totalement libre face à eux, en tout cas pas dans la fonction qu'il exerce. Toutes les sorties de De Gaulle étaient millimétrées, calculées, préparées.

Tu vois, le problème, c'est que personne ne dit à Emmanuel d'arrêter ça, personne ne lui dit que l'exercice du pouvoir est plus important que la liberté. Il a un entourage qui est vraiment très faible. Très, très faible. Il ne fait pas confiance aux autres parce qu'il n'a pas confiance en lui, du coup, il s'entoure de profils qu'il aime bien, des gens sympathiques mais qui ne peuvent pas le protéger politiquement, ils n'ont aucun poids auprès des Français. Emmanuel croit en lui, croit en son étoile, si ce n'est qu'il a peu confiance en lui. Ça se voit dans ses décisions, dans ses arbitrages, il hésite un temps fou avant de trancher, de nommer, ses hésitations sont le reflet de celles qu'il a sur lui-même. Ça amène une absence complète de confiance en les autres si bien que ne s'en sortent autour de lui que ceux qui sont très forts, très solides, très durs, qui ne demandent pas l'autorisation pour aller pisser, parce que de toute façon il ne sait pas leur répondre.

Total, il ne peut pas déléguer, il se tue littéralement à la tâche, absorbé par des détails, des sujets qui ne sont pas de son niveau, qui le bouffent et l'empêchent de livrer la meilleure part de lui-même. C'est par manque de confiance en lui qu'il n'a pas pu encore montrer sa quintessence aux Français. On se retrouve dans une situation ubuesque où le Président est devenu le spécialiste mondial des vaccins Pfizer, Moderna ou AstraZeneca, ce qui le prive de donner la crème de son humanité aux Français.

Soyons clairs, à l'Élysée, il n'y a qu'Alexis Kohler qui compte, il n'y a aucune équipe politique ni au Château, ni ailleurs. Tous ses ministres lui demandent l'autorisation pour aller pisser, il sait très bien qu'il n'a pas d'équipe. C'est un solitaire qui ne sait pas animer une équipe, donc personne n'anime et Castex n'a pas le background pour faire ça. Emmanuel se pense sous la Ve République mais il se vit en régime présidentiel américain. Il a ravalé le Premier ministre au rang de vice-président américain, c'est-à-dire le gars qui est là uniquement pour coordonner et surtout pas pour arbitrer. Résultat, tout le monde est en contact direct et permanent avec le Président.

C'est une transgression absolue, un crime de lèse-majesté. En principe, aucun ministre ne doit prendre directement contact avec le Président. Celui-ci ne doit gérer que l'international et le long terme, pendant que le Premier ministre arbitre.

Pour toutes ces raisons, Emmanuel a d'abord choisi un Premier ministre qui était un « collaborateur » de Juppé, pensant inconsciemment qu'il serait son collaborateur, sans imaginer qu'il puisse devenir plus populaire que lui, qu'il bâtirait une identité politique sur son dos. Du coup, la deuxième fois, il a choisi encore « plus collaborateur », histoire de vraiment être sûr que ça se passerait docilement. Et là, il est très très content. Tu vois ce que je veux dire ?

Oui, absolument.

Sisyphe

Portes grises, immeuble cafardeux, bureau des larmes. Caisse d'allocations familiales de Tours, une salle comme un réfectoire. Sol carrelé, néons, fauteuils en plastique. Autour de votre chaise vide, cinq femmes et un homme vous attendent de pied ferme.

Souvenirs, refoulements, pulsions, obsessions, sublimation, névroses. En plein débat sur le retard vaccinal, vous vous offrez une séance de psychanalyse de groupe gratuite. Aujourd'hui, vous n'êtes pas sur le divan mais dans le fauteuil, à la place de Sigmund.

Une réforme récente permet aux caisses d'allocations de récupérer les pensions alimentaires auprès des conjoints mauvais payeurs. Les personnes présentes en ont bénéficié, elles sont venues rapporter leurs expériences. Vous ne savez pas encore que, cœurs brisés, existences explosées, elles espèrent davantage de vous.

Vous arrivez avec quarante minutes de retard. Un photographe, *c'est mieux qu'au Liban où il nous a fait poireauter trois heures*.

Vous entrez depuis l'arrière de la salle, et passant devant les uns, les autres, distribuez un *bonjoureu, m'sieurs-dames !*, comme un poissonnier au marché.

Allô Macha. Toutes et tous racontent leur histoire, leur couple, leurs enfants, leur séparation et ses conséquences financières, psychiques. Zones troubles, confusions, phobies, chacun opère un transfert sur vous.

Jambes en équerre, vous basculez votre torse complètement en avant, coudes sur les cuisses, visage entre les mains, *au moment des « gilets jaunes », beaucoup de mamans solo ne parvenaient pas à vivre parce qu'elles ne touchaient pas leur pension alimentaire, c'est de là que vient cette réforme*. Aucun « gilet jaune » dans la salle. Le premier témoin, une femme, *j'aimerais être aidée sur l'aspect psychologique et moral, mon conjoint a raccroché au nez de mon fils de douze ans parce qu'il ne veut pas payer, j'ai besoin de temps pour moi, il ne prend jamais les enfants, je voudrais un répit, vous comprenez ?*

Élisabeth Roudinesco s'est emparée de votre corps. Vous semblez perturbé, – l'expérience de thérapeute familial vous fait défaut –, réfléchissez un long moment, les yeux mi-clos, *tout le monde n'est pas naturellement parent, apparemment le papa dont vous parlez ne l'est que par transitivité, c'est dur d'obliger quelqu'un à porter de l'affection*.

En croisant les jambes, vous coincez votre cravate dans l'aine, la repositionnez juste avant l'étranglement. Témoin suivant, *cela fait six ans que mon fils n'a pas vu son père*. Cette femme ne trouve plus ses mots sous le coup de l'émotion, balbutie. Vous enchaînez à sa place, *l'angoisse psychique et matérielle ne doit pas toujours être du même côté*.

Une instagrameuse relate son parcours du combattant, son retour au domicile parental avec ses jumelles pendant que le seul homme présent s'exaspère, *je suis le seul papa du XXIe siècle ici ou quoi ? Ma femme ne s'occupe pas de son enfant*.

Une jeune mère prend la parole, sanglotante. Elle accompagne son fils de quatre ans à la gare de Tours un vendredi sur deux, sans que jamais le papa se présente. *Je suis désolée de pleurer devant vous*. Vous grattez fébrilement les lunules de vos ongles, vous penchant tellement en avant que votre siège chancelle. Rattrapage in extremis par l'un de vos talons qui renvoie la machine en arrière. Vos officiers de sécurité se précipitent, à croire qu'un terroriste vous met en joue à bout portant.

Intervenant en dernier, une femme victime de violences conjugales est parcourue de tressaillements d'émotion. Ses pommettes, sa bouche, son cou sont recouverts d'une mer de larmes, glissant jusque sur ses épaules. Cravate une nouvelle fois dans l'aine, vous êtes tout rouge, par manque d'oxygène et de réconfort à lui offrir. Vous engloutissez un verre d'eau, décroisez les jambes. Gorgées bruyantes dignes d'une grosse angine, faciès brutalement décharné.

Interdit, vous tentez un stérile, *vous cherchez du travail ?* Elle vient d'en trouver. Vous relevez vos épaules, votre dos, la fixez d'un air sidéré. Une grande bouffée d'air remplace le verre d'eau, suivie d'un timbre éraillé, *c'est tellement dur ce que vous avez à vivre que vous devez avoir beaucoup d'indulgence envers vous-même. Je suis frappé de voir qu'aucun de vous ne rejette la faute sur l'autre parent, vous ne parlez que des enfants. J'ai conscience de ne pas vous décharger de vos difficultés, on fera ce qu'on peut…*

Un brouillard rabat plusieurs fois vos paupières vers le sol, à la recherche de sens. Ce soir, votre fonction est inutile si ce n'est dans l'importance qu'elle donne aux mots, au dialogue. Vous ne savez pas quoi faire de l'immobilité vaine qui envahit la pièce.

L'échange clos, vous vous levez, quasi flageolant, rejoignez le groupe, discutez avec eux en aparté, enlacez la femme battue par l'épaule, l'emmenez quelques mètres plus loin. Je m'accroupis derrière un siège, vous entends dire, *on va se revoir,* en la tenant par les deux bras. Le reste de votre conversation n'est pas audible.

Au moment où vous quittez la pièce, un journaliste local positionné devant la sortie vous demande s'il peut vous poser une question, *oui, mais seulement sur le sujet d'aujourd'hui. — Et sur le vaccin ? — J'ai un gouvernement pour ça. Il ne faut jamais perdre le fil de ce que l'on fait, autrement on perd la cohérence.*

Vous disparaissez.

Trianon

Tandis que le monde vous juge, les parenthèses fourmillent dans l'aile Madame.

Si les divertissements restent codifiés, enserrés dans une partition – comme la totalité de ton quotidien –, ils interviennent à des moments précis de la journée, parfois à l'heure du déjeuner, le plus souvent en début de soirée. Les invités, préalablement et soigneusement sélectionnés dans une absence de critère ordonnée, se succèdent tels les miroirs protéiformes de tes envies. Celles d'échapper à la prison dorée.

J'ai vu défiler toutes sortes de gens, célèbres ou anonymes, riches ou dépourvus, des sympathiques, des envieux, des artistes, des chômeurs, des affables, des malotrus, drapés de guenilles, déguisés de soieries, récitant des alexandrins ou des fabliaux graveleux.

Sous la clémence des beaux jours, l'art de recevoir au jardin fabrique des rendez-vous champêtres, pelouses, bosquets d'hortensias, de véroniques, et au loin, les arbres centenaires qui protègent des fracas du monde.

Laurent Ruquier m'accompagne en cette fin de journée, vous vous êtes déjà croisés au Théâtre Antoine, au début du quinquennat.

Une image crépusculaire comme un symbole, le soleil tourne avant le couchant. Nous déplaçons trois fois le parasol, deux fois la table à la recherche d'un coin d'ombre. En jean et talons aiguilles, tu soulèves le plateau de bois dans l'allée de graviers, aidée par Pierre-Olivier et Tristan, avances les fauteuils de teck de mètre en mètre, en contrebas du salon des Fougères. Jus d'orange, eau minérale, figues, radis.

Comme toujours, tu entames la conversation, l'orientes, sondes Laurent sur son émission télévisée, dont l'un des invités est le ministre de la Justice. Tu complimentes, *il est vraiment bien Dupond-Moretti, il est rigolo, en plus. Il parle cht'i avec Darmanin.*

Laurent, *quand vous serez au chômage, j'aurai un job pour vous, je viens d'engager Valérie Trierweiler aux* Grosses Têtes. *Je me suis spécialisé dans le recyclage des premières dames.*

Tu t'esclaffes, *et pourquoi pas ?*

Pierre-Olivier parle de la rentrée littéraire, tu défends Hervé Le Tellier, Djaïli Amadou Amal, testes Laurent sur ses lectures. Friand de politique, il rebondit sur les chuchotis du gouvernement, t'interroge sur certaines figures tutélaires extérieures, notamment Alain Juppé.

— *Oh ! Juppé ! Emmanuel m'avait conseillé de le rencontrer. Un jour, je me suis retrouvée au restaurant près de lui. On ne peut pas dire que la glace se brise au premier abord.*

Laurent ne sait pas quoi répondre.

Une heure plus tard, tu nous embarques dans la tournée des grands-ducs dont tu as le secret. Visite du rez-de-chaussée de l'Élysée, de fond en comble. Rompus à l'exercice, Pierre-Olivier et Tristan nous abandonnent.

Ton bureau, la bibliothèque, la salle à manger Paulin, canapés gris informes – on croirait des trompes d'éléphant en peluche –, centaines de tubulures en plastique au plafond, dignes d'un night-club seventies. Tu brocardes, *Nicolas Ghesquière adore cette pièce, il voudrait que ce soit son intérieur*.

Arrivés au boudoir d'argent restauré, tournez les talons, nous quittons ton aile, repartons dans l'autre sens. Salon Cléopâtre, salon des Portraits, un vase Soulages y offre sa splendeur funèbre, salon Pompadour, tu insistes sur une tapisserie colorée de Yaacov Agam, *il faut qu'on l'enlève, on ne peut pas photographier les officiels devant, ils sont aplatis par les couleurs*. Salon des Ambassadeurs, salon des Aides de camp, plusieurs tables basses signées, tu t'amuses, *table sur laquelle Boris Johnson a mis ses pieds*. Salon Murat, tu déambules, allumes et éteins les lumières en gambadant, au fur et à mesure que nous traversons l'enfilade.

Dans la salle des Fêtes, celle qui accueille les conférences de presse présidentielles et les dîners officiels, tu ne trouves pas l'interrupteur, appelles un huissier, dans le vide. Minutes suspendues au cœur de la pénombre. Finalement, un homme vole à notre secours. Les gigantesques lustres en cristal s'illuminent, la salle résonne sous nos pas, six cents mètres carrés, peut-être plus.

Tu te retournes vers Laurent, *c'était rouge avant, c'est mieux en gris, non ?*

Il ne sait pas quoi dire, il n'y a jamais mis les pieds.

Dans le jardin d'hiver attenant, tu ouvres une porte dérobée découvrant un immense bureau ancien.

— *C'était le bureau du général de Gaulle, on l'a déménagé du premier étage. Roselyne Bachelot a pris celui de Mitterrand.*

Dissonance de ces deux patronymes accolés.

Retour au vestibule surplombant la cour d'honneur. Au moment de nous saluer, Laurent t'interpelle, *en réalité, je suis déjà venu à l'Élysée, sous la présidence de Nicolas Sarkozy. Comme par hasard, Carla avait passé une tête pour dire, « chéri, quel film on regarde ce soir ? ». Il paraît que cette mise en scène se répétait pour chaque interlocuteur.*

Tu pouffes d'un air entendu.

Nous descendons les escaliers carmin, tu demeures sur le perron. Je me retourne après quelques marches. Ton visage a déjà retrouvé sa gravité, tes épaules s'affaissent, tes yeux sombres frôlent l'opacité.

« Sous l'abri de la gaieté on peut cacher son bonheur ou sa détresse pour échapper à l'indiscrétion », écrivait Henri-Frédéric Amiel.

Harem

Les cendres du passé sont encore chaudes. Par instinct de protection, vous continuez à préserver votre histoire d'amour, sa généalogie, ses difficultés. Secrets d'alcôve, marques au fer rouge. Personne ne pourrait comprendre. Tu dis, *Emmanuel ne veut pas que nous parlions de nous, cela nous appartient.*

Ayant rencontré Françoise, je t'interroge sur Germaine, la grand-mère du président.

Tu racontes Manette comme un modèle, sa culture, sa liberté, son avant-gardisme, *si elle ne m'avait pas acceptée, je n'aurais pas fait long feu ! Emmanuel l'appelait tous les soirs, elle l'attendait pour s'endormir. Parfois, il était trois heures du matin, il lui racontait ses affaires à l'époque où il était chez Rothschild… Quand il travaillait avec François Hollande, elle est tombée malade, il a passé les quinze derniers jours avec elle, à tenter de la faire respirer. Il était tout pour elle, elle était tout pour lui. Françoise était consciente qu'il s'agissait d'un atout, cette relation n'a en rien entamé la cellule familiale, Germaine n'a jamais retiré Emmanuel à sa famille, c'était de l'amour supplémentaire. Toi qui as des enfants, tu comprends ?*

Tu t'attardes longuement sur ta proximité avec ta belle-mère, vos coups de fil, votre connivence, *je m'entends vraiment très bien avec elle, je l'aime beaucoup, elle souffre des contre-vérités écrites sur la famille.* Sans t'en apercevoir, tu réitères plusieurs fois, *c'est dur pour nous qu'il soit président*.

Tu ne dis jamais en quoi, combien, à quels moments ce fut difficile pour toi, te contentant de rappeler des épisodes douloureux, les charges de la presse, le nez des journalistes fourré partout. *L'enfer a commencé quand Emmanuel a été nommé au ministère de l'Économie, on a eu des paparazzis nuit et jour, dès la première heure. Le soir de sa nomination à Bercy, il a même été obligé de dormir chez Bernard Cazeneuve.*

Silence, digression.

Tu relates ta première claque médiatique en 2016, lorsque *Paris Match* t'a jetée en pâture, en couverture, parce que dans un moment de solitude, d'égarement, tu t'étais confiée à la journaliste Caroline Pigozzi. Comprenant que tu serais en Une, tu as appelé en pleurant Olivier Royant, le directeur de la rédaction de l'époque aujourd'hui disparu, le suppliant de renoncer. Sans succès. *Certaines apparitions sont prévues, d'autres moins.* Tu articules ces mots d'un ton éteint.

Soupir. *Tu sais, Emmanuel était tellement au-dessus du lot, et pourtant, j'en ai vu défiler des élèves brillants, à Franklin ou ailleurs. Regarde, actuellement trois ministres sont issus de Franklin, Bruno Le Maire, Julien Denormandie, Amélie de Montchalin. Mais Emmanuel, c'était différent.*

Un sourire douloureux précède ta conclusion, *il déchirait le cadre.*

Pétard

Je te l'avais dit. Je t'avais prévenue. D'ailleurs, tu le savais avant même que je te saisisse du problème. En rentrant d'un déplacement à Montpellier, deux mois avant la gifle reçue par le président, je t'ai appelée, le soir de mon retour.

— *Brigitte, j'ai suivi la séquence à Montpellier aujourd'hui, c'était très violent. Il est dingue, il faut qu'il arrête de se jeter dans la foule sans filet, il va se faire tuer. Les gens crient « Macron, t'es un enfoiré, on va te saigner », « Macron, on va te tuer ». Pendant que nous étions à Montpellier, un homme a reçu trois balles, il n'était pas près de nous, il était dans un autre quartier, mais ce n'est peut-être pas une coïncidence que cela survienne le jour où le président se rend dans la ville. Nous étions au pied d'une barre HLM, il est allé à deux reprises dans la masse, la première fois il y avait des barrières, la deuxième, non. Des tas de gens hurlaient au balcon, juste au-dessus de sa tête. À deux mètres. Je ne fais pas de politique mais je n'ai pas envie pour autant qu'il se fasse zigouiller. Ni lui ni un autre que lui.*

— Merci ma belle, tu sais bien que je n'y peux rien. Dis-lui, toi. Envoie-lui un message, moi, c'est inutile que je l'alerte. Il connaît parfaitement les risques.

Je n'ai pas envoyé de message au président. Je ne suis pas son garde du corps.

*
**

Montpellier, huit heures plus tôt.

Ils sont tous là, en rang, alignés, vêtus de différents uniformes, la BAC, police secours, la compagnie d'intervention, les stups, les commissaires, les enquêteurs, le préfet, le maire. Certains sont restés en civil. Ils vous attendent impatiemment à l'hôtel de police, ils ont des cahiers de doléances, *des choses à dire que les médias ne veulent pas entendre. C'est stressant, mais quand même, on a de la chance de le rencontrer*. Le matin même, vous avez donné une grande interview au *Figaro* sur le thème de la sécurité. Vous êtes en pré-campagne, vous savez que la France se prend par la droite.

Un homme place les troupes, *je le répète une dernière fois, s'ils passent individuellement devant vous, évidemment vous les saluez, vous dites bien, M. le Président de la République et M. le Ministre de l'Intérieur, c'est compris ?* Ludivine, pistolet en poche, travaille à la BAC, elle porte un jean et une veste en polaire sur un tee-shirt délavé, *patron, patron, on se met en ligne ou en rond ?*

Depuis le fond de la terrasse, Arnaud, costume sombre et crâne rasé, veille à l'effet d'ensemble, peaufine les détails. Officiellement directeur des opérations à la présidence de la République, il s'occupe de l'image du président, les scénographies, les cérémonies, tout passe par sa moulinette. C'est notamment lui qui a supervisé l'hommage à Samuel Paty et la mise en scène du G7 à Biarritz.

Garde-à-vous. Vous arrivez, accompagné de Gérald Darmanin, mocassins style Weston usés, rebiqués, plus de cheveux gris que de cheveux noirs, plus de rides que de peau lisse. Louise parle des violences liées à l'alcool, Christophe des atteintes sexuelles, chaque policier s'exprime sur son secteur, comme dans une réunion des Alcooliques anonymes, on se confie.

Un uniforme bleu marine, *l'enjeu pour nous, c'est le déconfinement et l'ouverture des terrasses. Après le premier déconfinement, on a eu l'impression que tout était possible*. Ludivine, *en tant que femme, j'ai mis un peu de temps à faire mes preuves, mais au fil des années j'ai réussi à me tailler une petite réputation... Les jeunes délinquants nous filment, il faut le savoir, mon fils de seize ans est au lycée, il n'a jamais révélé mon métier, mais il me montre souvent des vidéos prises sur le terrain*. Un homme d'âge mûr, *maintenant les trafiquants de stupéfiants sont tous armés, il y a de moins en moins de crainte du policier, pendant les « gilets jaunes », parfois, ils étaient deux cents ou trois cents, une véritable armée, ils avaient des portes de frigo comme bouclier, on recevait des jets d'acide, des excréments, des cocktails Molotov, des tirs de mortier, moi, j'ai été témoin d'un lynchage... Le pire c'était au mois de janvier, juste avant le premier confinement, puis c'est redescendu vers avril-mai. Maintenant, les gens n'hésitent plus à venir au contact*.

Vous dites, *mais vous les avez identifiés ?*, tout en ouvrant votre veste et en vous grattant le ventre, l'inspecteur répond, *nous avons des drones mais ce n'est pas suffisant.*

Un commissaire d'une cinquantaine d'années, *les deux dernières années ont été les pires de ma carrière, l'entreprise de déstabilisation est quotidienne pour nous, elle est le fait de groupes constitués, ils nous filment, ils ont des haut-parleurs et crient que nous n'avons pas le droit d'intervenir.* Vous opinez du chef, *vous avez raison de souligner qu'une habitude de la violence a été prise.*

Un autre policier, précédemment en poste dans les Bouches-du-Rhône, *je vois poindre ici les mêmes méthodes qu'à Marseille, les gars de la drogue rentrent dans les écoles et menacent les enfants, les deals se font sur les réseaux sociaux, via Snapchat, ils utilisent souvent de fausses sacoches des livreurs Uber…*

Vous l'interrompez, *mais d'où vient la drogue ? Le point de deal rapporte combien ?*

Quitterie traverse le cercle, vous remet un papier, vous le lisez, saluez chacun, partez dans une voiture de la BAC faire la tournée des emplacements de deal.

L'après-midi, vous vous rendez dans le quartier de la Mosson, au pied d'une barre de logements HLM où a été dissous un point de drogue. Un groupe de dealers armés s'y était installé deux mois plus tôt, séquestrant les habitants.

Des milliers de gens partout, aux fenêtres, aux balcons, sur les trottoirs, sur les toits. À deux reprises, vous allez à leur rencontre, tout contre la foule. Vos officiers de sécurité se trouvent un mètre derrière vous, tant les gens affluent, au coude-à-coude.

Président ! Président ! Je te donne mon CV ! ; *Président, on est délaissés !* À mes côtés, l'un de vos gardes du corps ronchonne dans mon oreille, *je ne sais pas pourquoi il fait ça, quand c'était Chirac, tout le monde disait qu'il était proche des gens, mais avec Macron, personne ne retient rien. Il fait des bains de foule comme il boit des verres d'eau et ça nous donne tous des sueurs froides. Deux fois sur trois, ce n'est pas prévu, ça le prend d'un coup.*

Vous entrez ensuite dans le parking qui a été assiégé par les dealers. Une femme sanglote, *on a été encerclés par des hommes cagoulés, ils avaient des masques, ils avaient bouché l'entrée du parking avec des caddies, le dimanche après-midi, on les voyait déambuler avec des kalachnikovs. On était terrifiés. On a été contraints de se barricader dans nos appartements avant d'être délivrés par la police*. La devanture a été repeinte d'un noir qui ne couvre pas totalement le béton, ce qui donne le sentiment qu'elle a été brûlée. Les tags du groupe ayant occupé l'endroit transparaissent. Un habitant vous interpelle, *c'était un quartier merveilleux il y a trente ans, il s'est dégradé par manque de mixité. Des individus se sont introduits dans l'école, ils ont tout saccagé sans rien voler, c'est juste pour dégrader, prendre possession, ils recommencent à toutes les vacances scolaires, ils accostent les enfants à la sortie. L'insécurité est un symptôme, monsieur le Président*.

Vous semblez embarrassé, *c'est pour cela qu'on a gardé les écoles ouvertes le plus longtemps possible. Vous avez raison, la mixité doit changer les choses*.

Plus tard, vous reprenez un bain de foule en sortant de votre voiture tandis que nous sommes sur le départ. Depuis les faîtages, des gens sifflent, crient, *on veut parler avec Macron !* Un homme vous attrape par l'épaule, *vous êtes bon vous, on est de la même génération, vous devez nous aider*. Vous discutez un long moment avec lui.

Le lendemain, un journal local écrit, *le président est venu, un point de vente de stupéfiants a été dissous, il s'est juste déplacé de quelques centaines de mètres. Rien n'a changé.*

Ombres chinoises

Jean et pull bleu marine, trois rangs de diamants à l'annulaire, tu as enfilé tes escarpins de daim noir pour me recevoir, tu marches pieds nus lorsque tu es seule.

Comment vas-tu, ma chérie ? Ta formule rituelle accompagne nos pas vers ton bureau, dans le salon des Fougères. Style cocotte, tapisseries murales ornées de bouquets de roses anciennes sur feuillage vert d'eau surligné de dorures, ta table de travail contemporaine ivoire, signée Matali Crasset, est entourée de consoles demi-lune. Quelques livres débordent d'une pile près du téléphone, Éric Reinhardt, Marie-Hélène Lafon, Raphaël Enthoven, Camille Laurens. Une photo de vous deux nous fait face, Nemo ronfle. En lui donnant une caresse, tu plaisantes, *et dire que certains pensent qu'on lui a donné un nom de poisson !*

Marie-France, ton assistante, te tend un article d'Élisabeth Badinter dont nous avons discuté. Brushing, lunettes, chaleur débordante, elle travaillait avec Emmanuel pendant la campagne.

Tu survoles les lignes du papier portant sur les dangers du néoféminisme, clos le sujet par une pirouette propre à faire bondir les activistes donneuses de leçons et wokeuses en tout genre, *pour moi, le féminisme se fait avec les hommes et par les hommes*.

Brigitte oublie souvent Brigitte Macron. Tu parles, te meus, te comportes comme détachée du lieu, du rôle, de l'incarnation qui te collent à la peau. Et par sursauts, tu te souviens. Alors, ta silhouette s'ankylose, pétrifiée, ton regard se rehausse de deux tons, passant du bleu ciel au bleu nuit, signe que tu as subitement rebranché la prise, retrouvé l'habit de femme du président.

Ce matin, Brigitte vient de disparaître en une seconde. La première dame est de retour. Tu marches lentement vers la fenêtre, traits marmoréens, délivres cette répétition, tandis que tu maîtrises une langue parfaite, *l'intimité c'est son garde-fou, il ne laisse entrer personne, cela le mettrait en danger... Il ne se protège jamais, mais il ne faut pas le dire, cela le mettrait en danger.*

*
**

Le lendemain. Pierre-Olivier fume dans son cocon, des volutes bleutées épaissies de soleil créent un grillage sur son visage, l'anxiété se lit sur son corps sec, ses mâchoires serrées, ses ongles trop courts, sa bouche trop cousue.

Nous discutons des raisons de la défiance des Français à l'égard du président, et la conversation dérape. Ce mot, totalement décordé du langage élyséen, m'échappe : « démons ». *Brigitte les a déjà abordés devant moi, les démons d'Emmanuel, qu'est-ce que ça veut dire ?*

Un claquement de talons précède ton apparition, entravant sa réponse. Tu t'assieds auprès de nous, conversation à bâtons rompus. *Gaël, je peux seulement te dire ce que je vis, les gens ne sont pas désagréables avec nous dans la rue – sauf une fois aux Tuileries –, pas plus, pas moins que pendant la campagne.*

Je cherche vainement des noms, des coordonnées de personnes qui vous sont proches. Tu me coupes, *ils sont marrants ceux qui demandent s'il a des amis ou s'il est solitaire, on a toujours vu plein des gens, avant, pendant et depuis l'élection, mais on aime être tous les deux, encore plus depuis qu'on est ici*.

Voir des gens, ce n'est pas avoir des amis. Je le pense à voix haute, te rapporte une confidence de Sylvain, croisé le matin même.

Emmanuel recherche davantage la compagnie des gens qui l'impressionnent, l'intéressent, le passionnent, le nourrissent. Il préfère dîner avec un grand artiste, un grand scientifique que de partager l'intimité d'amis en demandant des nouvelles de la petite dernière. Il a dépassé le code social qui contraint à une forme de mauvaise foi... On peut être ami avec des personnes dont on ne partage pas l'intimité, Goethe et Schiller étaient très amis, mais je ne pense pas que Goethe connaissait la femme de Schiller. De Gaulle n'avait pas de bande, Louis XIV non plus.

Le niveau des analogies ne vous fait pas bondir.

Pierre-Olivier allume sa troisième cigarette tout en évoquant le lien qu'entretient le président avec la culture, *Emmanuel n'est pas perçu comme le président de la culture, tel que l'était Mitterrand. Volontairement, il ne truffe pas ses discours de références littéraires, de citations, il pense que l'époque n'a plus trop le goût des mythes. Il n'a pas pu créer de liens directs avec le milieu culturel. Personne ne lui a fait rencontrer, remonter ce secteur, personne n'a joué le rôle d'intermédiaire, de renifleur, de rabatteur. C'est lié au contexte, à l'équipe qui l'entourait jusqu'à peu, dans les ministères et à l'Élysée.*

Tu sursautes, *tu sais, Mitterrand impressionnait tellement en manifestant sa culture, en jouant de sa stature distante, que les gens décuplaient la vision culturelle qu'ils avaient de lui. Emmanuel est profondément cultivé, il le tait davantage. Il a une culture classique et éclectique, il s'intéresse à tout, sa curiosité se pose sur tout.*

Je note sur mon calepin, Mitterrand avait son Jack Lang, de Gaulle son Malraux.

La conversation touche à sa fin, Pierre-Olivier suggère des dîners avec des sculpteurs, des chanteurs lyriques, des grands romanciers, cite au hasard Modiano, Le Clézio, Sollers. Tu frôles ma main de la tienne, *non, ils ne voudront pas venir ou reconnaître qu'Emmanuel est cultivé. Tu vois, paradoxalement, je n'aurais jamais pensé qu'Emmanuel ferait de la politique. Quand je l'ai rencontré, je croyais qu'il serait artiste, écrivain ou comédien, un comédien comme Gérard Philipe.*

Écueil

Vous êtes replié dans une brume intérieure, débarbouillé de ce visage toujours aux aguets, de ces traits curieux et assurés, de ces lèvres faites pour affirmer, répondre, questionner. Vous semblez songeur, pris d'un vide vertigineux, terrible, insondable. Un gouffre mystérieux a aspiré vos yeux, plongés dans une sorte d'abstraction. Ils s'ouvrent et se ferment sur une frontière abyssale, comme les porches d'une ombre que vous êtes le seul à voir. Vous planez au-dessus d'une falaise qui ne semble pas vous effrayer, au contraire, à en croire votre mine dilatée, béatitude d'un nouveau-né après la tétée. Puis, d'un coup sec, une lueur apparaît, ensoleille les orbites, vous sort des cimes ténébreuses qui précédaient. Votre regard rampe sur les parois, s'allume d'une clarté verticale, court au-delà de ceux qui vous entourent, appelé par une vigie, un guide surhumain. Dieu, peut-être. Alors, la certitude, le cartésianisme refont surface, submergent votre faciès, et de nouveau, le président revient dans les fondations, la détermination, le renseignement averti que chacun attend de lui.

Sous la verrière de l'institut Imagine, à l'hôpital Necker, alors que la visite n'a pas encore débuté, votre absence n'a duré qu'un instant.

J'attrape mon carnet, note fébrilement « Hypothèse 1 : il est tombé dans un précipice. Celui qui sépare l'intuition de la raison. Hypothèse 2 : il est mystique, tendance “frappé”. »

Aujourd'hui, vous rendez visite aux chercheurs pionniers dans la découverte du rôle de la génétique dans les formes graves du Covid.

À l'abri du patio, un homme lit Marc Levy. Une enfant âgée de trois ou quatre ans, recouverte d'une capuche rose, claudique. Vous posez la main sur son bras, *ça va ? Tu t'appelles comment ? Tu as vu le médecin ? Ça a été ?* Elle vous examine, s'enfuit en courant.

Cinq minutes plus tard. À l'étage, un groupe de scientifiques venus du monde entier vous attend. Tann's, Birkenstock et cheveux en bataille autour des paillasses. Moyenne d'âge, trente ans. Vous vous approchez. *Vous étiez tous planqués dans vos bureaux ? Vous venez d'où ? Du Mali ? Mais où ça au Mali ? Alors, qu'est-ce que vous faites de beau, dites-moi ?* Vous accompagnez l'entrée en matière de clins d'œil distribués à tire-larigot. Dès que vous trouvez les gens sympathiques, vos cils papillotent à tout bout de champ.

Le groupe travaille sur les connexions entre l'interféron et le Covid, se lance dans des explications techniques, schémas à l'appui. Vous dites, *et pour les Elisa ?* en référence au test Elisa, comme si vous étiez vous-même chercheur.

Bon, qu'est-ce qu'on peut faire pour vous aider ? Jean-Laurent Casanova, l'un des généticiens, *un ou deux millions, disons plutôt deux*. Vous opinez du chef, *on règle l'affaire dans la semaine, d'ici mercredi prochain*, oscillant plusieurs fois la tête de gauche à droite, balançant votre corps d'un pied sur l'autre, tel un pigeon qui roucoule.

Durant le dialogue, je détaille vos tempes grisonnantes, vos cheveux marqués de coups de peigne trop répétés dessinent des lignes sur votre crâne luisant comme un sou neuf, l'une de vos deux alliances, celle de la main gauche, glisse vers le bas de l'annulaire, trop grande.

Mains croisées derrière le dos, vos doigts grattent des peaux rougies autour des ongles. Vous les arrachez, du majeur sur l'index, cachant le geste du coude.

Quelques minutes plus tard, vous exposez le projet d'un campus, ponctuez, *je suis très positif pour la France dans dix ans*.

J'avance, *cet optimisme pour la France dans dix ans, il repose sur la raison ou sur l'intuition ?*

Œillade rieuse, tête d'un joueur de poker qui brouille les pistes, *je pense qu'il y a toujours de l'intuition, y compris chez les plus grands chercheurs... Il peut y en avoir en politique aussi !*

III

Stabat Mater

La mère se tient là, douloureuse. Elle se sait épaulée par la bien-aimée du fils glorifié.

Brigitte, son amie, sa confidente. Brigitte et leurs conversations du samedi sur la politique, les papiers des journalistes, l'homme qu'elles aiment. Récemment, Françoise t'indique le nom d'un épidémiologiste repéré dans les médias, *il faut le voir*.

Brigitte et leur histoire inhabituelle, vaisseaux du même amour. Brigitte qu'elle connaît depuis toujours. Elles étaient voisines, *à Amiens, Brigitte habitait dans la rue qui se situait entre chez nous et chez mes parents. Je la connaissais et je l'admirais parce qu'elle avait été la prof de français d'Estelle, ma fille cadette, qui faisait également du théâtre. Je l'ai beaucoup vue.*

Après quelques mises en garde liées à la différence d'âge entre son fils et toi, Françoise se rapproche de votre couple. Une poignée d'années pour comprendre que son *Manu* débute l'histoire d'amour de sa vie.

Tout est transformé, transcendé, dépassé, y compris le renoncement à ce que son fils donne la vie. *Je connais Manu, quand il a une idée en tête, elle ne le quitte pas… En 2000, je suis partie en vacances avec eux. Je me suis rapidement aperçue qu'il n'était pas grave, pas essentiel, que Manu n'ait pas d'enfants. Quand je vois son frère Laurent qui en a quatre, il est clair que Manu n'aurait pas pu avoir le même profil de famille, je ne pense pas que les enfants soient sa priorité. Pour moi, Brigitte n'est pas une belle-fille. C'est une amie comme je n'en ai pas d'autres, on a les mêmes affinités, les mêmes priorités, on se dit tout.*

Au détour d'une phrase, j'ai le malheur d'avancer que le président a confiance en lui, comme un test, une boutade. Françoise me fusille de ses yeux mer écossaise sous tempête, *c'est un reproche, ça ?*

Une anecdote parmi mille que me confie l'un de vos amis. Françoise entre un jour dans un magasin, entend la vendeuse parler du président en l'appelant, *ce con*. Elle attend que tout le monde s'éloigne et lorsqu'elle se trouve seule avec la jeune femme, lui explique, *ce monsieur a une mère et cela ne se fait pas de l'appeler ainsi, même pour plaisanter*. Partout où elle va, Françoise le claironne : elle est la mère du président de la République.

L'amour en pente douce, elle remonte encore le destin de *Manu*. Le lycée La Providence à Amiens, l'évidence parisienne s'imposant, parce qu'il avait *un tour de plus*, il fallait trouver un établissement qui puisse le tirer vers le haut, *très rapidement, on a tous pensé qu'il devait aller à Paris, cela n'avait rien à voir avec Brigitte*. C'est d'ailleurs lui qui fait la demande et s'occupe des démarches pour entrer au lycée Henri-IV, lui qui remplit seul les papiers. Il souhaite y effectuer sa terminale, soucieux de pouvoir poursuivre en classes préparatoires littéraires, hypokhâgne et khâgne. Il loge alors dans une chambre de bonne nichée au cœur d'un immeuble haussmannien, rue d'Ulm, revient les week-ends à Amiens, *tous les dimanches, je préparais des Tupperware*.

Il rate l'entrée à l'École normale supérieure, sans doute par amour, c'est son côté balzacien.

La vie défile, tout se recoud, se resserre. Désormais, tes petits-enfants considèrent ceux de Françoise comme leurs cousins, et réciproquement. Drôle de famille, véritable famille. Celle dans laquelle grandit un futur président, celle dans laquelle un fils tombe fou amoureux de sa professeure de théâtre de vingt-quatre ans son aînée, enseignante dans la même école que celle qu'il fréquente.

Un ange passe.

Je cherche désespérément à creuser, *mais est-il heureux, votre fils ?* Françoise ne se défend plus, ne le défend plus, iris paisibles, gestes souples. *Oui, je pense qu'il l'est, qu'il l'a toujours été. En revanche, je suis convaincue qu'il se lancera dans l'écriture, qu'il changera de route. Il n'est pas du genre à faire des conférences politiques dans le monde entier. À vingt-sept ans, il ne savait pas ce qu'il ferait dans la vie, aujourd'hui, je pense que c'est pareil.*

POSSESSION

Des fils électriques gisent sur le sol, couvrant de serpentins caoutchoutés les rosaces marbrées noir et rouge de l'Institut de France. Sous la coupole, cinq officiers de sécurité jouent à rabattre et nettoyer les assises vertes et ocre, des huissiers comptent leurs foulées, vérifient les écriteaux surmontant les dossiers de velours. À droite de la tribune, au premier rang, les pancartes indiquent M. le Président de la République, Mme Brigitte Macron, Jean Castex, puis derrière, Nicolas Sarkozy, Richard Ferrand, Didier Lallement, Gérard Larcher, Valérie Pécresse, Anne Hidalgo, Marc Guillaume, Jean-Christophe Napoléon Bonaparte. À gauche de la tribune, d'autres affichettes, Xavier Darcos, Hélène Carrère d'Encausse, Marc Lambron, Jean Tulard et bien d'autres noms issus des cinq académies qu'abrite l'écrin du quai Conti.

La crème hexagonale tient sur trente fauteuils.

En dépit des critiques, des querelles internes de conseillers du Palais, des prophéties médiatiques qui vous assassinent, vous avez décidé de commémorer le bicentenaire de la mort de Napoléon Ier dans un remue-ménage qui vous enchante. Nageant à contre-courant, vous roulant dans les plis de l'Histoire, vous allez enfin pouvoir expliquer à l'élite française combien les hommes de paradoxes demeurent éternels.

Sous les vitraux, Jean-Marie Rouart fait son entrée, *mes confrères sont-ils déjà là ? J'ai le temps d'aller me laver les mains ?*

Vous ne pénétrerez dans l'antre qu'une demi-heure plus tard, laissant à vos invités le loisir de s'ébattre en pépiements et marquer leur distance hautaine, certains reconnaissant d'autres dans un mouvement de tête et de dos brutalement retournés à cent quatre-vingts degrés. Nicolas Sarkozy restera un long moment seul au beau milieu de cet aréopage qui le bat froid, allant parler aux techniciens de France Télévisions pour se donner une contenance, avant que Richard Ferrand ne vole à son secours.

Raclements de gorge, les chuchotements cessent. Vous voilà, accompagné de votre double, ce corps en tuteur qui n'est pas le vôtre mais celui des cérémonies, des recueillements. Brigitte, au bras de Jean Castex, descend les petites marches desservant la fosse, talons aiguilles, manteau pailleté, *doucement, Jean !* Chacun s'assied tandis que vous empruntez cette posture d'équilibriste que vous ne quitterez pas durant plus d'une heure, sans doute avec des crampes, des abdominaux en béton et des fourmillements jusque dans le squelette. Votre fauteuil comporte un dossier que vous ignorez, vous avancez votre séant au milieu de l'assise, laissant passer un large rai de lumière derrière votre dos, découpé dans une règle. Votre pied droit est avancé de dix centimètres par rapport au gauche, parallélisme parfait, vos mains sont posées sur l'aplat de vos cuisses, vos doigts doivent coller au pantalon. Malgré tous ces efforts, vous avez l'air minuscule à côté de Jean Castex.

Le discours de Xavier Darcos entame ces agapes de suaire sur un ton sacrificiel, il convoque le poète latin Ausone, pendant que l'acrobatie en demi-siège que vous tenez donne le sentiment qu'à tout moment vous allez vous lever et déguerpir sur-le-champ. Brigitte croise et décroise les jambes, Jean Tulard prend le micro dans une allocution parsemée de *la légende dorée* et de *la légende noire* de Napoléon, fait rire l'assemblée en évoquant le supplice chinois que vécut Georges Pompidou sous la coupole fissurée, la pluie ruisselant lentement sur son front, dans un goutte-à-goutte régulier.

Votre heure de gloire a sonné. Louanges des fidèles. Votre plume, Jonathan, et votre conseiller mémoire, Bruno, ont aiguisé leur langue depuis des jours, affûté leur verbe d'heure en heure. Ils ne sont pas peu fiers de leur travail, si bien que Bruno, comme à son habitude, me siffle dans l'oreille son œuvre, *de l'Empire, nous avons renoncé au pire, et de l'Empereur, nous avons embelli nos meilleurs*. Le décor est posé, tous comprennent que l'homme commémoré est important, mais sans doute moins que le reflet qu'il donne à voir de vous. Vous citez Chateaubriand parlant de Napoléon « Vivant, il a manqué le monde, mort, il le possède. »

Variations sur un même thème, *charriant l'universel, sa vie porte en quelque sorte en chacun de nous comme un écho intime, faite de vertus anciennes et de paradoxes si contemporains.* [...] *On aime Napoléon parce que sa vie a le goût du possible* [...] *elle est une invitation à prendre son risque, à faire confiance à l'imagination, à être pleinement soi.* [...] *Sa vie est une épiphanie de la liberté.* [...] *Si Napoléon est le premier des romantiques* [...] *il réinventa son existence et fut infiniment libre.* [...] *Ainsi de ses amours* [...]. *Ainsi de ses contradictions : individualiste rassembleur, lucide inconscient, despote éclairé* [...]. *Aigle et Ogre, Alexandre et Néron* [...]. Dans l'assemblée, certains prennent des notes, sans doute pour parfaire ce qui leur manquait de votre portrait.

Vous expliquez pourquoi, comment commémorer Napoléon, *sans céder jamais à la tentation du procès anachronique qui consisterait à juger le passé avec les lois du présent*. Et, dans une réitération de votre jeu régulier, vous parvenez à glisser un mot savant au sein de votre allocution, *une Nation-palimpseste*. Une nation quoi ? Chacun des érudits se regarde, épaté.

Prise d'un fou rire nerveux, je m'échappe dans la cour, en profite pour chercher la définition sur mon téléphone. « Palimpseste : parchemin dont on a effacé la première écriture pour pouvoir écrire un nouveau texte. »

La suite est anecdotique mais rocambolesque.

Embarquement dans le cortège présidentiel pour rejoindre les Invalides, où vous allez déposer une gerbe au pied du tombeau de Napoléon. Pas de course en quittant l'Institut afin de grimper dans l'une des voitures avant que la vôtre démarre, talons coincés entre les pavés de la cour d'honneur, chaussures en main.

Éternel petit cinéma du convoi. À la seconde où vous levez le camp, il faut prendre ses jambes à son cou, rejoindre dare-dare son véhicule, le vôtre donnant le *la*, tous les autres suivent à la queue leu leu, aucun ne peut alors s'arrêter. Il est déjà arrivé que certains soient oubliés en rase campagne.

À l'époque de François Hollande, le cortège roulait à toute vitesse, gyrophares allumés, sirènes hurlantes. Mais là, rien. Sinon les feux brûlés ou éteints, pas de son, pas d'image, pas de lumière. Pierre, l'adjoint de votre chef de cabinet, commente, *le président n'aime pas se faire remarquer*. Onze voitures, quelques motos ouvrent la route afin de dégager le terrain. L'allure recommandée par les panneaux signalétiques demeure respectée. Armés de talkies-walkies, plusieurs gendarmes guettent notre passage, bloquent la circulation pendant quinze secondes dans chacune des artères, le temps que nous déambulions. Soudain, Paris n'est plus Paris mais une épopée futuriste, premier travelling après l'apocalypse. Sans volume, sans mouvements, la capitale se recouvre d'un glacis surnaturel. Si ce n'est notre file d'auto-tamponneuses, le monde est mis sur pause.

Entrée du convoi dans le parc des Invalides côté place Vauban, je descends en courant de notre Renault, attrape, pour éviter les chutes, le bras de Marie, jeunesse charmante du service communication élyséen. Brigitte est accrochée à votre coude, en contrebas du frontispice, nous passons sous votre nez, trottinant comme des cloportes, longeons le flanc du monument, empruntons un colimaçon derrière une minuscule porte de fer escamotée. Les marches de pierre, hautes d'un mètre et larges de cinquante centimètres, font défaut une fois sur deux, sans doute englouties par les siècles. Je reconnais, dans le noir, une odeur de mon adolescence, celle des catacombes, éclaire avec mon téléphone les espaces vides semblant conduire aux entrailles de l'enfer. Au sous-sol, nous traversons une coursive dans laquelle sont entreposées plusieurs gerbes aussi grandes que moi et arrivons, victorieuses, quelques secondes avant vous, devant le tombeau de l'idole.

La sépulture est si vaste qu'elle semble prévue pour cinquante hommes.

Bicornes, plumes, épées, bruits de talons serrés, les saint-cyriens et polytechniciens opèrent une mystérieuse chorégraphie, *La Marseillaise* résonne sous la coupole des Invalides, comme un chant de mort déchirant. Vous avancez tête baissée, saluez du menton en silence, puis vous vous tournez vers Brigitte, attrapez sa main. Nous ressortons avant vous.

À l'extérieur, les conseillers, Bruno, Clément, Jonathan, Tristan, discutent devant le cortège républicain à l'arrêt, riant à gorges déployées comme s'ils venaient de se débarrasser du bouton nucléaire. Vous descendez les marches du fronton au côté de votre épouse, dont vous n'avez pas lâché la main, au cas où quelque gravillon retournerait ses stilettos, tout en discutant avec le prince Jean-Christophe Napoléon, une allure de mannequin, servie par sa jeunesse et son mètre quatre-vingt-dix-huit.

Pendant que nous vous observons, l'un de vos obligés me souffle dans un sarcasme faustien, *et en plus, le descendant est banquier d'affaires à Londres !*

Muselière

Un autre veilleur, moins bavard, occupe l'horizon.

Dieu est là, tout-puissant. Il donne le tempo. Dieu est beige-brun, tirant vers le noir. Il a l'allure d'un chien-loup au régime, museau et corps plus fins, plus élancés. Dieu est plusieurs, il peut changer de prénom selon les localités, mais Dieu conserve la même apparence, le même mode opératoire, le même pouvoir. Il est toujours très excité lorsqu'il découvre l'ampleur de son travail, de ses responsabilités, tire dans tous les sens.

Dans le nouveau monde, les hommes obéissent aux chiens. Rex et Lassie peuvent aller se rhabiller, les malinois ont pris le dessus, nouvelles stars du cérémonial entourant le chef de l'État. Lors de ses déplacements, le même rituel précède chaque arrivée du président. Le moment du déminage sonne le glas du recueillement, le cierge de la dernière heure, celle précédant son irruption, celle qui indique si oui ou non nous allons sauter à sa place sous l'effet d'une bombe ou quelque explosif repérable par les canidés.

Une troupe d'une quinzaine de personnes attend, le froid polaire ne change rien à l'affaire qui se déroule dans une soumission dictatoriale.

Rien ne plaît autant aux hommes que les règles, ils se complaisent dans leur immuable discipline.

Philippine, Paul, Marjorie, les trois émissaires du service de presse élyséen présents ce jour-là, dirigent les opérations. Ils doivent avoir moins de soixante-dix ans à eux trois, ce qui ne change rien à notre obéissance. Nous patientons, trente, quarante minutes et, juste avant que nos doigts ne gèlent jusqu'au bout des ongles, ils ordonnent, *déminage, rangez vos sacs au sol, en ligne droite !* Exécution, y compris pour les sacs Hermès et Vuitton, déposés sur le trottoir trempé aux côtés des caméras, micros et autre ribambelle de matériel stéréo. Ensuite, il faut s'écarter, se tenir à trois ou quatre mètres du monticule, laisser le chien faire son travail. Nos vies reposent sur bien peu de chose.

Attendre encore, dix, quinze minutes, attendre systématiquement, quelle que soit la localité, attendre que le chien remplisse sa mission. Attendre on ne sait quoi, que le chien se fasse beau, se concentre, fasse sa toilette ?

Dieu commence à flairer. Le maître-chien lui susurre d'une voix de baby-sitter post-adolescente, *du calme, calme-toi, doucement,* en reprenant un peu sa longue laisse, et Dieu s'apaise, prend son temps, renifle chacun des sacs à dos, besaces, bananes en rang d'oignons, fourre son museau dans les ouvertures, les poches, passe à l'objet suivant, en saute parfois un. En silence, le maître lui montre du doigt les affaires oubliées, le malinois y revient, longuement, dans un sens, dans l'autre. Personne ne pipe mot. Comment croire qu'un terroriste serait assez bête pour déposer son attirail ici ? Puis Dieu est récompensé d'une friandise ou d'un jouet, petit sac de jute tenu par les mains du maître dans lequel mordiller. Dieu se contente de peu.

Fin du déminage, rien à signaler. J'entreprends le maître-chien, ose un *c'est fiable comme méthode ?* L'homme me toise de sa hauteur tout en biceps. *Affirmatif. C'est fiable à 100 %.*

Faucille

Ne pas se hâter d'arriver trop vite au rendez-vous de la mort. Refuser l'emprise du temps. Désobéir, rejeter l'idée que tout soit scellé d'avance. Envoyer valdinguer Paul Morand et son *homme pressé*. S'opposer à la hâte fébrile, l'allure vertigineuse qui enlèvent le goût, l'odeur des choses, leur poésie. Sauvegarder l'imprévu dans une tentative désespérée de production de sens. Gaspiller le temps en croyant l'arrêter. Oui, mais. Le temps des uns n'est pas celui des autres. Vous êtes président de la République.

Brest, centre d'instruction naval. Mille deux cents kilomètres dans la journée. Dix heures debout. Comme toujours, vous êtes en retard.

Distorsion bergsonienne. La durée réelle, subjectivement vécue par l'individu que vous êtes, se situe à des années-lumière du temps mesurable scientifiquement.

Quatre heures après notre arrivée. Café, rencontre. Deux jeunes mousses de seize ans parmi ceux qui vont discuter avec vous traversent le couloir. Je m'approche, *bonjour, vous avez préparé vos questions au président ?* Ils répondent un *non* gêné et rougissant, à l'allure d'un « oui, mais on n'a pas le droit de le dire et ce n'est pas nous qui les avons écrites ». Je poursuis, *qu'aimez-vous le plus ou le moins chez Emmanuel Macron ?* Silence contrit, mines renfrognées. En guise de surveillant, un officier les encadre, leur adresse un signe de la main comme un clapet et se tourne vers moi, *madame, ils ont un devoir de réserve.*

Cinq heures après notre arrivée. Pendant que vous déjeunez avec votre ancien chef d'état-major particulier dans un bâtiment attenant, les troupes sont alignées à l'extérieur, transies de froid, lourds drapeaux en mains dans un vent à décorner les bœufs. Goutte au nez. Moufles, bonnet, nicotine et doudoune de ski ne suffisent pas à me réchauffer.

Vous devez arriver quarante minutes plus tard. En définitive, ce sera une heure trente d'attente supplémentaire par zéro degré.

Chaussures recouvertes de guêtres blanches, les soldats donnent des coups de pied dans le vide pour dégeler leurs orteils.

Fumée sortant des naseaux, Julie interpelle le général Ferrand qui dirige la sécurité élyséenne, *il faut absolument que tu lui dises que ce n'est plus possible, ça ne peut plus durer. Il ne peut plus arriver avec autant de retard. Il fait patienter les soldats dans le froid et on va peut-être devoir supprimer la séquence de la frégate, alors que tout l'équipage l'attend comme le Messie.*

Sept heures après notre arrivée. Dans l'immense salle damée de parquet Versailles, les militaires des écoles navales sont superposés, imbriqués autour de vous, jeu de Lego à forme humaine. Conversations étouffées. Je m'accroupis à vos pieds. Morceaux choisis distribués aux uns, aux autres, *vous n'avez pas l'air d'avoir un petit mental, vous ! Vos parents sont dans l'armée ? À quel âge avez-vous franchi le pas ? Et alors, avant de vous engager, vous faisiez quoi ? Est-ce que cela correspond à vos aspirations ? Vous n'avez pas de regrets ? Vous vous projetez comment ?*

Départ au pas de course, il faut bien tenter de rattraper le dépassement horaire. Un micro grésille dans les baffles aux coins des couloirs, *le président de la République quitte le bord*. Dans la marine, le langage reste le même, sur les flots comme à terre.

Neuf heures après notre arrivée. La nuit s'abat sur la cour carrée de la préfecture maritime brestoise, projecteurs aux couleurs du drapeau français. Une averse torrentielle pianote sur la bâche de plastique blanche protégeant les tribunes. Cascades d'eau giclant le long des sièges, tintamarre tropical, dizaines de places vides, des rangs entiers, clairsemés de casquettes, pompons et cols bleu marine. Sous les arceaux qui abritent le mètre carré de votre pupitre, votre petite silhouette fondue au noir, assortie à l'obscurité. Votre voix traverse les rivières de pluie dans un son entrecoupé. Vous prononcez un discours énumératif, gratifiant l'armée, ses morts, ses blessés.

Brutalement, votre voix se casse, se plie, se tord. Vous toussez, à plusieurs reprises. Chacun s'interroge, les têtes regardent le voisin, sans savoir s'il faut mettre votre tessiture de Tom Waits sur le compte d'un retour de coronavirus ou si vous êtes en train de prendre froid. *Je veux dire à chacune et à chacun la fierté que j'ai d'être ici*… Quinte… *La force de ce sens retrouvé, ne la perdez pas*… Quinte.

Après *La Marseillaise*, vous déambulez au premier rang, trempé, discutez longuement avec des familles endeuillées. Lorsque vous êtes ému, vous approchez toujours votre visage à deux centimètres du souffle de celui qui vous fait face, comme si vous vous apprêtiez à l'embrasser sur la bouche.

J'enjambe les gradins pour arriver juste derrière vous. Mains croisées dans le dos, boutons de manchettes formés de trois cercles concentriques bleu, blanc, rouge, vos ongles arrachent leur pli unguéal, le sang affleure sur vos doigts.

Imprimatur

Superposition des malheurs de l'existence et des légèretés de la vie. Votre quotidien s'est exporté dans le mien.

Un bureau de verre domine la rue Beaubourg, deux minuscules pièces ouvertes l'une sur l'autre, tapissées de bouclette rase aux couleurs sombres, des piles ventrues de livres sur la table, à même le sol, les chaises, les rayonnages ballonnés des bibliothèques blanches, ouvrages d'art, de littérature, d'histoire, de philosophie, catalogues d'expositions enchevêtrés, cornés, feuilles griffonnées dépassant de plusieurs volumes. Un petit homme glissé dans un pull de cachemire gris perle, chevelure poivre et sel et visage effilé, déploie ses mains d'argile, farfouille.

Comme on pose sa paume dans du plâtre frais pour y laisser une trace, cet homme-là détient l'empreinte. Il est le sceau, l'estampille du goût du couple présidentiel. Bernard Blistène a longtemps dirigé le musée national d'Art moderne au Centre Pompidou, conservant l'une des plus grandes collections d'art moderne et contemporain au monde. Il a rencontré Brigitte et Emmanuel Macron il y a plusieurs années, le chef de l'État était alors ministre de François Hollande. Depuis, ils ont développé un lien tel que c'est à lui qu'est revenue la charge des nouveaux accrochages à l'Élysée dès l'arrivée des Macron au Palais. À lui, aussi, que la première dame a fait signe pour l'accompagner au Mobilier national butiner de quoi changer la face visible du Château, dont ce bureau en béton sur lequel travaille le président. *Elle voulait dépoussiérer la boîte, faire de l'Élysée une belle maison d'aujourd'hui, du goût d'aujourd'hui. Mais ce n'est pas facile, il y a le bâtiment, son histoire, la disponibilité des œuvres, il faut calculer, si l'on fait plaisir à l'un, l'autre se vexe, tout est surinterprété et Brigitte pense à tout cela. Elle n'est pas allée jusqu'à l'art le plus contemporain, la nature des lieux ne le permettant pas. Imaginez-vous accrocher des choses qui se cassent la figure, des détritus en second plan, les gens l'auraient mal pris, non ?*

Bernard Blistène fait lui-même mon café, le premier et le second, m'installe avec difficulté autour de la table ronde après une chevauchée au-dessus des monticules de papiers, mon fauteuil restera statique par manque de place. Il a observé le couple présidentiel comme un tableau, dans le détail et la métaphysique, pointant du doigt leurs différences, regrettant parfois qu'ils n'aillent ni l'un ni l'autre vers des artistes plus récents. *Brigitte adore, entre autres, le tableau* Aware, *de Degottex, mais elle n'a pas poussé jusqu'à des œuvres du « tout aujourd'hui ». Le président a toujours regardé la peinture, je crois qu'il préfère la peinture dite « abstraite », qu'il aime la peinture sévère, intériorisée. Je l'ai vu absorbé par des toiles, s'isoler personnellement, intensément, longuement, avoir une vision très singulière sur les œuvres. Il recherche, comprend l'intention de l'artiste. Il glane de manière immédiate, creuse si cela l'interpelle, il a une pensée plus spéculative qu'elle. Brigitte est portée par une culture plus ancrée sur son travail d'enseignante, il est probable qu'elle inscrive davantage les choses dans leur rapport à l'Histoire. Je me souviens d'une conversation autour d'un tableau de Bernard Frize que Brigitte n'aimait pas, elle le trouvait discordant, composite. Le président a répondu, « mais c'est le sujet ! ». Il avait anticipé le propos de l'artiste, à savoir une œuvre postmoderne, hybride.*

En frottant ses mains l'une contre l'autre comme s'il leur appliquait une pommade, Bernard Blistène relate l'histoire des choix de tableaux au Palais, et notamment celui qui se trouve dans le bureau du président, *Écriture rose*, de Simon Hantaï. *Je savais qu'Emmanuel Macron aimait Henri Michaux et qu'ils étaient tous deux attachés à une certaine idée de la peinture de l'après-guerre, Nicolas de Staël, Vieira da Silva… Il a une appétence particulière pour les œuvres à profondeur littéraire et historique. Par exemple, je l'ai vu très sensible à l'exposition de Cy Twombly, sa graphie, son rapport sous-jacent aux mythologies. Je lui ai dit, « monsieur le Président, vous devriez regarder des artistes qui sont plus proches de vous ». Je suis allé souvent à l'Élysée avec de grands tableaux, on a cherché ensemble. Ce n'était pas de la décoration, c'était quelque chose qui avait pour lui une valeur symbolique essentielle. Quand il s'est agi de son bureau, je lui ai tout de suite parlé de ce tableau d'Hantaï, puis je lui ai envoyé des textes de Jacques Derrida et de Jean-Luc Nancy. C'est un littéraire, féru de philosophie, qui passe un temps infini à regarder les artistes qu'il aime. Il a une sorte d'acuité, de curiosité, de culture boulimique. Il est même allé jusqu'à me parler d'Erwin Panofsky, un immense historien d'art, auteur de traités majeurs sur la perspective comme forme symbolique, l'un des plus éminents représentants d'une science de l'interprétation des tableaux qui s'appelle l'iconologie, décryptant les symboles dans les images pour en tirer une pensée de l'Histoire.*

Plus tard, Bernard Blistène s'étend longuement sur le rapport physique du couple avec les artistes, le dîner avec David Hockney au Palais, le cocktail organisé à la demande de l'Élysée avec les plasticiens exposant à la Fiac, la visite de Brigitte à l'hôpital des Invalides auprès de Geneviève Asse, dont une grande toile bleue est exposée au Château – *ils ont un très grand amour pour ce tableau* –, la naturalisation rapide de Pierre Alechinsky sous leur houlette, leur déplacement chez Pierre Soulages, les déambulations du président dans la réserve du musée national d'Art moderne, sa fascination pour Jean Dubuffet, Árpád Szenes, Sonia Delaunay, Albert Dubout.

Leur culte de la création est entamé de quelques écorchures, bien que l'homme soit clairement un aficionado, *je crois que le président aurait voulu être son propre ministre de la Culture, en faire un domaine réservé. Un jour, il m'a envoyé par la Poste une superbe lettre du surréaliste Yves Tanguy que lui avait donnée un ami, accompagnée d'un mot de sa main, « Bernard, je crois qu'il est préférable qu'elle soit chez vous »… Je l'ai donnée à la bibliothèque Kandinsky.*

Au fil des mots, il cherche quel président se cache derrière le président, pointe du doigt le guide actif et passif qu'a été Paul Ricœur pour le chef de l'État. Sans que celui-ci ne lui en ait jamais parlé, il l'associe à sa volonté de sortir de la pensée des trois grands sceptiques Marx, Freud et Nietzche, insistant sur le côté idéaliste, enfantin d'Emmanuel Macron face à l'art et à la vie, en général.

Mitterrand prenait ou feignait de prendre du temps pour lire, écrire. On n'a jamais su ce qui était feint, ce qui ne l'était pas, cela faisait partie de la construction du personnage. Il n'y a pas de personnage Emmanuel Macron, il y a une personne, mais pas de construction de véritable fiction comme il a pu y en avoir autour de Mitterrand. Les choses sont moins cryptées, c'est lié à sa spontanéité. Quand il arrive ici, au musée, il est comme un adolescent. À l'Élysée, dans son bureau recouvert de livres de philo, de médecine, de poésie, le ballon de Mbappé trône comme un trophée... Il dit facilement, « allez, on prend un whisky, fais pas ta gazelle ! »... Il n'hésite pas non plus à organiser un barnum autour de Johnny Hallyday, c'est son côté années quatre-vingt, il aime l'histoire de ce type, l'idée de cette France-là.

Bernard Blistène recule sa chaise, faisant tomber quelques livres au passage, regarde Paris par la baie vitrée. *Sans aucun doute, il est moins snob que moi... Mais est-il catholique ?*

Le président est le seul de sa fratrie à être baptisé.

Thébaïde

Votre vie est disposée dans une galerie de miroirs mais un reflet s'intensifie au fil du temps. Vous promenez cette solitude intérieure pesante comme un âne mort, même en présence de ceux qui vous entourent quotidiennement.

Brouhaha, troupeau au bord de l'exultation. À l'intérieur du Conseil économique et social, les membres de la Convention citoyenne pour le climat – ceux qui ont bien voulu y assister ce jour-là – sont installés en demi-cercle. Deux médiateurs, un homme, une femme, révisent leurs fiches, doigts transpirants. Le bruit s'éteint subitement, quelqu'un a baissé le volume. Vous traversez l'allée centrale dans une lenteur calculée, prenant toujours soin de marcher au rythme d'un escargot pendant que court, s'affole autour de vous la grappe de conseillers et d'officiels qui vous escortent.

L'Élysée est devenu un gigantesque stand de ball-trap. Alors, chaque mot, chaque geste semble désormais assorti d'un sous-titre, « personne ne me comprend, personne ne sait ». Si l'orgueil interdit de le verbaliser, dans les bains de foule, vos pupilles s'épaississent, vos clins d'œil se multiplient, cherchant à accrocher les autres, un à un. Lors des allocutions, vos discours s'éternisent comme si vous vouliez convaincre chaque individu, jusqu'au dernier des Mohicans.

Une nuit, je m'en ouvre à toi. En guise de réponse, tu invoques la solitude dans les textes de Flaubert, me parles du « gueuloir ».

Rien ne sera caché, rien ne sera dissimulé ; *on a suspendu des réformes mais pas celle sur le climat*. En ce jour de pédagogie présidentielle, vous placez ces phrases dans le premier tiers de votre prise de parole. L'assemblée tumultueuse cherche la joute, vous prend à partie, *osez, monsieur le Président* ; *êtes-vous climato-cynique ou climatosceptique ? ; une invitation comme ce soir, c'est trop consensuel pour nous !*

Dans l'après-midi, Bruno me fait cette réflexion, *quand il doit prendre une décision compliquée, il a les mains qui tremblent et c'est mieux ainsi.*

Calme olympien affiché, vous gribouillez des notes comme à la fac, écrivez chacune des interventions, les prénoms, les métiers, les citez au hasard de la discussion. Vous jouez le bon élève, l'humilité. Vous êtes un chantre de l'émancipation, mais la passion française enjoint l'égalité. Alors, vous vous dédoublez, décuplez les précautions lorsque vous vous faites malmener, *vous avez raison de le rappeler* ou *si je vous ai bien suivi*, en réplique aux questions brouillonnes.

À force d'interpellations répétées, vous avez l'allure d'un ruminant, posez vos mains à plat sur la table, bouillonnement à peine masqué, *il faut savoir de quoi on parle avant de brandir des arguments* ; *je serais vous, je serais moins définitif*. Le ton monte, vous accordez quelques points sur le fond, le chèque alimentaire, un référendum, poings serrés au milieu des cuisses, on croirait un cycliste qui a besoin d'un mouvement constant. Si vous ralentissez, vous tombez. *Pardon si je vous ai blessé* ;

on se fait bousculer, mais c'est ça, vivre en société. Dernière arme, dégainée en cas de grosse tempête, vous transformez l'admonestation en reconnaissance d'incapacité, *je ne sais pas interdire par la loi Amazon ou Google, vous pouvez bouger la tête mais c'est la vérité*.

Vous affrontez la foule comme vous faites de la politique. La tête dans un laboratoire, les doigts fourrés au milieu d'une boîte à outils, vous piochez, testez chaque instrument, la chignole, le marteau, le tournevis, selon la couleur du temps, les réparations à opérer, l'ajustement au moment.

Pendant ce temps, la vie continue. Votre moi esseulé n'intéresse personne. Brice, votre chef de cabinet, chuchote à l'oreille des médiateurs, marche de long en large, avec cet air affairé qui ne le quitte jamais. Petite taille, cheveux courts, il se gratte nerveusement la nuque, jusqu'au sang. Son extraversion est proche de celle du chartreux, invariable sacoche de cuir veiné portée en bandoulière assortie à ses mocassins à semelles de gomme. Le débat durera près de quatre heures, si bien qu'au bout de deux heures je m'enquiers de la suite auprès de lui, *excusez-moi, Brice, le président doit partir à quelle heure ?* Réponse figée tendance mur de Berlin, *il partira quand ce sera fini*.

Clément n'a pas retiré l'éternel caban bleu marine au faux col de mouton qui recouvre son costume, comme un fétiche. Il se lève et se rassoit à plusieurs reprises, descend au sous-sol chercher de la nourriture, remonte, pianote sur son téléphone pendant que Barbara Pompili prend la parole, ânonnant des approximations offusquées. Pour l'avenir climatique, elle conseille aux citoyens de *vider leurs boîtes mails*, ponctue ses interventions de *ces trucs* ou *ces cochonneries*, ne trouve pas ses mots.

Vous faites toujours mine de noircir vos feuilles, visage éteint, le nez dans vos crayons. J'envoie un SMS à Clément « Il faut euthanasier Pompili. » « Mettez cela dans votre livre », fuse en retour, suivi d'un smiley. Sagesse diplomatique, Clément ne prend jamais de risques. Il est le seul conseiller élyséen dont les messages sur Telegram s'effacent automatiquement, comme les bandes magnétiques de *Mission impossible* qui s'autodétruisent. Vous-même ne le faites pas.

Tandis que nous nous éclipsons un moment hors de la fosse aux lions,

Clément me confie d'une voix préoccupée, *il faut qu'ils partent en vacances, tu n'imagines pas ce que l'on se prend dans la tête actuellement*.

Sentinelles

Des guetteurs, de part et d'autre du Palais.

Longtemps, tu les as appelés *Tic et Tac, les deux écureuils*, désormais, tu les surnommes *les meufs*, acronyme que tu as inventé pour Mecs Extrêmement Utiles aux Femmes. Tu ne prends aucune décision sans Pierre-Olivier et Tristan, ces deux beaux gosses trentenaires, qui te *bâillonnent parfois plus que* [tu] *ne le voudrais*. Ils restent cependant tes *meilleures copines* contre l'isolement et l'adversité du Château.

Au fil du mandat, la présence des écureuils s'est tant accrue qu'il est assez rare de te voir seule, comme si tu craignais toujours de faire, dire des choses qui pourraient nuire à l'homme que tu aimes. *Les meufs* assurent ton cordon sanitaire avec ta bénédiction, sans que l'on sache si tu as vraiment le choix.

Les mots et les choses, les mots et les êtres. Ceux qui disent l'*épistémè* d'un certain pouvoir.

Pierre-Olivier et sa formule rituelle, *comment ça va princesse ?*, ses attentions distribuées comme des poèmes, *j'espère que la fièvre épargne ta ferveur*, Tristan et ses interjections qui signent la jeunesse, de *Yo !* en *Yep !*

Ancien chef de cabinet d'Emmanuel pendant la campagne, Pierre-Olivier a, comme Tristan, servi Bertrand Delanoë à la mairie de Paris. Œil d'un vert perçant, sagacité de rapace, tu m'as souvent dit que le président se fiait à *la justesse de ses intuitions*. Tristan, quant à lui, *se ferait damner pour* [toi]. Il peut se fâcher tout rouge sur une maladresse à ton endroit, j'en ai déjà fait les frais comme ce jour où, me plaignant d'un rendez-vous décalé, j'ai reçu un brutal « J'espère que c'est une plaisanterie ? », suivi d'une ligne morte durant quinze jours. La gentillesse des *meufs* se gomme dès qu'un mot dépasse du cadre de coloriage.

Bruno, troisième pilier de l'aile Madame, officiellement « conseiller mémoire » du président, vient souvent mettre son grain de sel dans vos échanges. S'il officie en mazarinades des deux côtés du Château, les réunions, les soirées se terminent fréquemment avec lui dans le bureau de Pierre-Olivier ou dans le tien. Il m'adresse régulièrement ses blagues potaches, invariablement précédées d'un *chère baronne.*

Chère baronne, profite de moi, Le Monde *va bientôt découvrir mes comptes en Ouzbékistan*, ou *chère baronne Tchakaloff, vous êtes venue en taxi aujourd'hui ? Vous avez raté le Transsibérien ?*

Récemment, tandis que nous évoquions toutes deux par téléphone un éventuel déjeuner avec un avocat de renom, Bruno, présent à tes côtés, est intervenu dans la conversation pour mettre son veto, *ce n'est pas l'idée du siècle, ce type défend une affaire pendante et par ailleurs, il navigue au vent de l'opportunisme politique*. Je me suis piquée, *Brigitte n'est pas encore sous tutelle ou sous curatelle, que je sache ? Je pense qu'elle est à même de prendre ses décisions toute seule ?*

Silence, rompu par ta conclusion, *je vais réfléchir, ne t'inquiète pas*.

Ce déjeuner n'a jamais eu lieu.

Sylphes

À sept heures du matin, un A330 dort dans la rosée sur le tarmac du pavillon de réception, à quelques encablures de l'aéroport de Roissy-Charles-de-Gaulle. Il porte son identité en lettres capitales, comme un passe-droit tatoué sur son flanc, « République française ». Ici, ni couloirs interminables ni escalators ou tapis roulants, une poignée d'officiers de sécurité vérifient rapidement sacs, passeports, tests PCR, nous traversons à la hâte la bâtisse beige, grimpons par l'escalier de l'avion déroulé à même le bitume.

Occupant 10 % de la capacité d'un appareil prévu pour près de quatre cents passagers, l'équipe élyséenne, les photographes et les membres du Groupe de sécurité de la présidence de la République (GSPR) s'arrogent une rangée entière de sièges chacun. Quelques heures plus tard, vous nous rejoignez à destination avec votre propre avion, dont j'ai été évincée, parce que vous devez *travailler et dormir*. Face à moi, l'écran encastré dans le dossier affiche « armée de l'air et de l'espace » sur un ciel bleu nuit parsemé d'étoiles.

Le commandant de bord s'exprime au micro une demi-heure avant l'atterrissage, *nous allons débuter notre descente, je laisse la consigne de sécurité allumée car nous traverserons deux, trois orages et devrons contourner les cendres du volcan, rien de bien particulier*. Un tourbillon de fumée noire transperce l'épais tapis de coton, de l'autre côté du hublot. Le Nyiragongo, planté en République démocratique du Congo, à l'orée de la frontière rwandaise, s'est dangereusement éveillé depuis trois jours.

Kigali surgit sans bruit, les tests salivaires réalisés dans l'enceinte de l'aéroport se déroulent dans l'abnégation la plus totale. Une horde de voitures policières nous escorte jusqu'à notre hôtel, au cœur des ténèbres. De cette ville moite et déserte, nous ne verrons que des quartiers plus propres que la Suisse après le passage des éboueurs, cocotiers taillés, coiffés, pelouses à la coupe fraîche, buildings flambant neufs. Trois énormes camions blancs dans le sillage de notre convoi transportent le matériel nécessaire au président. Que contiennent-ils ? On ne sait pas.

Prise de température automatisée par une caméra positionnée à l'entrée du corridor avant de pénétrer dans nos chambres. La mienne comporte une large terrasse à l'ombre d'un palmier, je m'endors, portes-fenêtres ouvertes.

À quatre heures trente du matin, je m'éveille en sursaut, une bête agite ma couche. Un animal sauvage, un singe sans doute, secoue mon matelas. Serait-il entré par la vitre entrebâillée ? J'allume ma lampe de chevet, saisis mon téléphone pour éclairer l'interstice séparant le sol du sommier. Rien. J'éteins. Vingt minutes plus tard, la bête recommence, mon lit se déplace de plusieurs centimètres. Je me lève, examine la pièce. Toujours rien. La scène se reproduit une dernière fois, vers six heures, moment où je reçois un message du staff élyséen sur le tremblement de terre qui nous secoue. La violence de l'éruption volcanique a engendré un mouvement sismique qui ne doit rien aux singes imaginaires.

Silence

Par trente degrés, Jean porte des chaussures vernies noires recouvrant de fines chaussettes à rayures. Il ne transpire pas. Sous sa veste de costume marine, les carreaux bleus, rouges et blancs de sa chemise éclairent ses pommettes, ses fossettes, son arc de Cupidon, plissés, froissés au fil des heures passées à expliquer, détailler. Jean est grand, deux têtes de plus que moi, il se baisse pour me parler. Du haut de son front jusqu'à la partie médiane de son cuir chevelu, un quart de lune sombre de dix centimètres sur trois apparaît sur sa peau. C'est une trace de machette.

Jean est un rescapé tutsi. Son père et ses frères ont été massacrés, sa sœur battue à mort, sa mère et lui s'en sont sortis. Ils sont parvenus à s'échapper du piège qu'ils croyaient être un refuge. Une église.

Il articule lentement comme pour énoncer une dictée, son regard immobile fixe une latte au plafond, *à l'époque du génocide, des prêtres étaient complices des Hutu, ils remplissaient les lieux de prière en prétextant nous abriter, fermaient les portes à clef et appelaient les Hutu qui y jetaient des grenades, prenaient les femmes pour les violer à l'extérieur avant de les enfermer à nouveau. J'en suis témoin, je l'ai vécu. Avant l'église, nous avons été sélectionnés par un garçon de huit ans, c'est lui qui choisissait qui allait être tué, au faciès. On lui avait enseigné les traits des Tutsi.*

Jean nous guide dans le Mémorial du génocide de Kigali, *cela m'aide de travailler ici, j'entre dans la psychologie des tortionnaires*. À l'extérieur, il se range contre des chapes de béton délavées, *plus de deux cent cinquante mille personnes sont inhumées ici, certains sont arrivés en morceaux, d'autres ont été en partie dévorés par les chiens.*

Dans les sous-sols du bâtiment, des photos de cadavres mutilés, entassés, instruments de torture, panneaux retraçant l'histoire du pays depuis le XIXe siècle. Jean raconte les ravages de la colonisation allemande et belge, *arbitrairement, le pouvoir colonial a décidé que si vous aviez moins de dix vaches, vous étiez hutu, dix vaches ou plus, tutsi.* Il commente les clichés dénonçant les tris hasardeux de population pour inventer des races, les colons mesurant la taille et l'ossature nasale des Rwandais sur des images nous faisant face. Quelques pièces plus loin, *tiens, là, c'est une mère découpée à la machette, ici, c'est une petite fille cognée au sol, tête explosée, là, c'est le moment où les Hutu chantaient, « exterminez-les tous ! », voici les chaînes et les cadenas employés pour la torture, les Hutu voulaient s'assurer de la souffrance maximale des victimes avant la mort, ils les ont attachées avec ces fers puis les ont enterrées vivantes. Sur la photo, les autres ont été machettés, ils les ont mis sous terre et ont jeté des roches dessus, pour qu'ils ne puissent pas sortir... Moi, j'ai grandi avec un programme scolaire différencié Hutu-Tutsi, la haine fomentée, alimentée par les colonisateurs, n'était déjà plus contrôlable.*

Jean doit avoir trente-cinq ans.

Il reprend, *beaucoup de femmes ont été violées par des hommes séropositifs. Le sida était l'une des armes du génocide... Le gouvernement qui opérait le génocide occupait le siège de membre à l'ONU.*

Comme nombre de jeunes gens de son pays, Jean est allé à l'université, un fonds de soutien ayant été spécialement créé pour accompagner financièrement et psychologiquement les rescapés, faciliter leur éducation et leur formation. Il parle un français châtié, littéraire, connaît la politique sur le bout des doigts. *La présence du président Macron nous réconforte. C'est un jeune, comme la majorité de la population rwandaise, nous pensons qu'il pourra comprendre ce qu'il s'est passé. Il faut retrouver et rapatrier au pays les coupables pour les juger, on les connaît, beaucoup sont chez vous… La France soutenait le régime génocidaire rwandais. Les autorités rwandaises parlent de complicité de génocide.*

Au deuxième étage, des portraits d'enfants disparus sont légendés de petits écriteaux relatant leurs vies, leurs goûts culinaires, leurs loisirs, leurs familles. Jean me souffle, *vous savez, j'ai revu le garçon qui nous avait sélectionnés. Un jour, quelques années après le génocide, nous étions dans la rue, mendiant de quoi nous nourrir, il se trouvait contre nous et m'a lancé, « pourquoi vous mangez avec une fourchette, vous les Tutsi, vous vous croyez supérieurs ? ». Puis il m'a regardé, reconnu, il ne parvenait pas à me fixer, c'était une façon de dire, « je suis désolé ». J'ai compris qu'il ne savait même pas ce qu'il avait fait.*

Jean ne rencontrera pas le président Macron.

Cocaïne

Vous suivre au rythme des somnifères, des Red Bull, des cafés, des avions, des cortèges, des réceptions, des recueillements. Partager votre valse infernale. Dix journées rentrent dans vingt-quatre heures de la vie d'un président. Se coucher comme vous, à une heure trente du matin, se lever comme vous, deux heures plus tard. Vivre en même temps que vous, à bout de souffle.

Une journée à Kigali, six hommes différents dans votre petit corps. Tout va plus vite, s'éprouve plus vite. Les émotions se succèdent aussi rapidement que l'on enfile des perles.

En quelques heures, je vois défiler un président en fonction, posture amidonnée ; un anonyme bouleversé ; un professeur en herbe, tuteur improvisé de millenials ; un altermondialiste tendance Médecins sans frontières ; un amoureux de création tutoyant des artistes ; un quarantenaire festif oubliant sa cravate dans la nuit. Chaque moment est un sentiment en pointillé.

Plus que l'hyperactivité, la multitude des mouvements de l'âme use, anéantit, laisse exsangue. Équipe éreintée, discours et annonces retravaillés jusqu'au dernier instant, dans la voiture, les coursives d'hôtels. Impression qu'un train est en route et que les mécaniciens ajustent les machines au fur et à mesure de la course folle de son conducteur. Vos conseillères, Alice et Anne-Sophie, fument, yeux cernés, ongles rongés, elles exultent d'adrénaline, répétant à l'envi, *on va y arriver !* Arriver à quoi ? Je ne l'éluciderai que le dernier jour du voyage, en Afrique du Sud.

Vous voulez imaginer le monde, le nouveau monde. Et vous en avez une idée bien précise. Vous n'êtes plus seulement président de la France, vous vous vivez grand maître des équilibres économico-géopolitiques de demain. Alors, au fil des journées africaines, l'Hexagone se dissout dans la mappemonde. Vous déroulez par petites touches le projet Act-A et son pendant Covax, garantissant l'accès équitable aux solutions de la crise sanitaire et aux vaccins, martelez votre volonté de transférer les technologies de fabrication des vaccins et les droits de propriété intellectuelle afférents, précisez longuement l'urgence de l'aide immédiate que la communauté internationale doit apporter financièrement et matériellement au continent, revenez, encore et toujours, sur la nécessité de laisser l'Afrique décider, prendre en main son destin.

Votre Afrique est tatouée en plein cœur depuis votre stage au Nigeria, lorsque vous étiez élève à l'ENA. Vous en êtes revenu avec le paludisme et une certaine vision du globe, des rapports de forces, de pouvoir.

Au Rwanda, vous apportez cent mille doses de vaccin AstraZeneca dans le ventre de votre avion. Le président Kagamé vous interpelle, *ça a dû prendre de la place dans votre appareil ?*

ENGRENAGES

Tout est dissonant. Tout le temps. Les situations, les gens, les palpitations se suivent sans entracte. Votre vie est une pièce de théâtre dont vous êtes l'acteur principal, les décors, les comédiens, les dramaturgies s'enchaînent autour de vous.

Scène 1 – Présidence de la République rwandaise, Kigali. 8 h 30.

Rien ne dépasse. Bougainvilliers, plumbagos, hibiscus cisaillés net autour d'un rectangle d'asphalte telle une piste d'hélicoptère recouverte d'un tapis fuchsia bordé d'or. Deux cents petits soldats y sont déposés, déguisés comme à Broadway, pantalons bleus gansés de noir, vestes carmin, cordons dorés, écharpes vertes en bandoulière, pas un son si ce n'est leur respiration suspendue, quelques halètements que provoque la chaleur humide. Un aigle traverse le ciel bas, des chants aigus d'oiseaux tropicaux trompettent épisodiquement. Ils sont bien les seuls à oser briser ce cérémonial présidentiel mutique dont la pesanteur laisse présager une forme de démocrature.

Vous avez atterri le matin même, opérez un ballet en losange dans votre costume de flanelle grise trop chaude pour le climat. Votre minois dépasse à peine de l'épaule du président Paul Kagamé. Barouf de l'orchestre sur les deux hymnes français et rwandais, les gardes défilent, mouvement des bras en ciseaux, jambes tendues comme des bâtons de fer, présentation des délégations de part et d'autre, départ.

Scène 2 – Mémorial du génocide, quartier de Gisozi. 10 h 00.

Jean a disparu, laissant sa place au directeur du lieu. Une heure de visite, une heure de silence en ce qui vous concerne. Vous avez perdu votre langue, vous grattant le nez de l'index à travers le masque pour retenir vos larmes. Pointe des pieds un peu en dedans, petit ventre sorti, vous ne réagissez pas aux interpellations du directeur qui ponctue chacune de ses phrases d'un *Votre Excellence* totalement décalé.

Les oreillettes de vos officiers de sécurité grésillent jusqu'à mes tympans, couvrant le son d'une vidéo devant laquelle vous demeurez longtemps, comme ensorcelé : un enfant au crâne ensanglanté, largement ouvert.

Devant les vitrines de fémurs entassés et de crânes alignés, vous traînez les pieds au sol, comme si vous portiez des savates trop grandes. Dans la salle suivante, celle qui présente des vêtements ayant appartenu aux victimes, vous vous immobilisez devant un teddy rouge sali, une minuscule chemise déchirée à sa gauche.

Vide cyclopéen sur votre visage, vos yeux. Ce n'est qu'au moment du discours que votre voix vous démasque, un timbre grave, abîmé, comme si vous aviez fumé quatre paquets de cigarettes pendant une nuit d'ivresse dont vous sortez à peine.

Scène 3 – Discours dans les jardins du Mémorial. 11 h 00.

Raconter la nuit [...] *cette interminable éclipse de l'humanité* [...]. *Ceux qui portent la blessure béante d'avoir été là et d'être encore là* [...]. *Les tueurs qui hantaient les marais, les collines, les églises n'avaient pas le visage de la France. Elle n'a pas été complice* [...]. *La France a un rôle, une histoire et une responsabilité politique au Rwanda* [...] *elle restait de fait aux côtés d'un régime génocidaire* [...] *endossait alors une responsabilité accablante dans un engrenage qui a abouti au pire* [...].

J'entends grogner des reproches, *c'est trop éthéré, il fait de la poésie, sa position n'est pas limpide...* Vous ne les entendez pas, descendez de l'estrade, serrant dans vos bras deux femmes en boubou. Elles chuchotent on ne sait quoi au creux de votre oreille. Vous avez l'œil mouillé.

Plus tard, à la présidence de la République rwandaise, Paul Kagamé dénonce ceux qui considèrent que *l'Afrique ne se développe pas contrairement au reste du monde* [...] *cet air de supériorité morale cache un certain racisme, le désir de nier à l'autre sa valeur d'être humain*. Vous le considérez d'un regard subjugué.

Scène 4 – Centre régional polytechnique de Tumba. 15 h 00.

Montagnes et zigzags, collines de bananiers, vallons cultivés, chèvres dispersées parmi les eucalyptus, paysages dignes de Diane Fossey et ses « gorilles dans la brume ». Sur le bord de la chaussée, des centaines d'hommes, de femmes et d'enfants saluent l'interminable cortège de voitures qui nous transporte. Assise aux côtés des officiers du GSPR, je les entends dire, *ouh là là, il y a trop de monde, il va stopper le convoi pour aller à leur rencontre*. Une glacière contenant votre encas bascule d'un siège à l'autre, les officiers la glisseront par la fenêtre de votre véhicule au retour vers Kigali. Comme on jette des cacahuètes à un singe.

Une heure plus tard, nous descendons sur un terre-plein encadré de casemates.

Une arène de pierre accueille une table ronde avec des étudiants. Une jeune fille vous interpelle sur la haine propagée par les réseaux sociaux, vous lui servez, *ce n'est plus seulement une mondialisation des savoirs mais des émotions... Quand la liberté est absolue, une seule loi prévaut, c'est la loi de la jungle.* Anthony, yeux cachés derrière des lunettes de star, sollicite vos conseils sur l'entrepreneuriat. *D'abord il faut croire en vous, si vous voulez emmener les autres, il faut avoir une confiance folle en vous. Ensuite, il faut prendre vos risques et accepter d'échouer, deux choses sont interdites : ne pas prendre de risques et répéter une erreur déjà faite. Pensez grand ! Sky is the limit !*

Comme souvent, vous parlez de vous.

Emma, vingt et un ans, visage angélique, vous demande ce que vous achèteriez avec trois cents euros, elle fait référence au Pass culture pour les jeunes que vous avez annoncé quelques jours plus tôt. Regard de biche, vous lui répondez, *je vais vous faire ma carte du tendre, je vous offrirais de la poésie, ce qui me fait le plus immédiatement voyager, par exemple les* Feuillets d'Hypnos *de René Char, puis j'achèterais pour vous l'offrir un roman,* L'Éducation sentimentale, *un disque, les* Toccatas *de Bach, et de la bande dessinée parce que cela fait partie du génie européen, et là, je ne pourrais pas faire autrement que de choisir* Astérix et Obélix. La belle Emma succombe, énamourée.

Scène 5 – Centre de vaccination, Kigali. 18 h 00.

Une nuée de gens se presse autour de vous, vous vous jetez dans l'essaim, *bonjour messieurs-dames, alors, vous avez quoi comme vaccin ? Ça va ? Vous faites trois semaines entre les deux doses ?*

Petite salle à la peinture défraîchie. Une femme ridée tend le bras vers la seringue, vous vous agenouillez à ses pieds pendant la piqûre, *ça va aller ? Vous n'avez pas mal ?*

Vous connaissez bien la femme médecin qui lui injecte l'AstraZeneca, Chrysoula Zacharopoulou. Gynécologue franco-grecque, membre de La République En Marche !, cette députée européenne est coprésidente de Covax. Chemisier de soie rose flambant neuf, brushing impeccable, nu-pieds dernier cri, elle détonne un brin dans l'atmosphère de bout du monde. Vous lui parlez longuement en la tenant par les poignets.

Vous passez la tête dans la salle de surveillance post-vaccination, *pas trop de douleurs ? Personne n'a été contaminé ? Moi, j'ai eu de la chance, le virus, je ne l'ai pas eu trop fort.* En sortant, vous questionnez le directeur du centre, *est-ce que les gens ont envie de se faire vacciner ici ? Ah oui ? Ils n'ont pas peur ?* Vous semblez surpris par sa réponse négative, qui tranche avec la frilosité française.

Scène 6 – Centre culturel francophone, Kigali. 19 h 30.

Alors ? Qui a fait cela ? Vous entrez dans l'exposition guidé par un jeune garçon, chemise blanche col Mao, empiècements de tissu africain sur les épaules. Devant le premier tableau, il mentionne l'inspiration de Françoise Dolto, de Bachelard, vous affirmez avec conviction, *c'est essentiel le dialogue constant entre les cultures*. Comme si quelqu'un allait vous contredire.

Discussion avec les artistes exposants, une longue jeune femme arbore une robe moulante sur une anatomie sculpturale, elle vous déshabille du regard pendant que vos yeux frisent ; deux hommes d'une vingtaine d'années portent des dreadlocks parsemées de coquillages, de céramiques, de câbles de plastique noir, de prises électriques collées à même le crâne. Vous allez à leur rencontre, *ah ! Vous, c'est donc la folie ? Vous êtes des œuvres d'art ambulantes !*

Scène 7 – Stade Arena, quart de finale de la Basketball Africa League, Kigali. 21 h 30.

Chemise ouverte, vous buvez des verres avec Paul Kagamé et Joakim Noah, applaudissez à tout rompre. Tout le monde se lève, acclame, lorsque vous traversez l'enceinte au côté de Paul Kagamé. Mille personnes, foule en liesse, hurlements. L'équipe rwandaise, tee-shirts blancs, tennis roses, joue contre celle du Mozambique, en vert. Au cœur du stade, les spectateurs entrechoquent de longs bâtons de plastique blanc qui font un bruit de steel band, un DJ envoie la musique à plein tube, le commentateur rappe au micro. Vos yeux brillent comme deux vers luisants, vous semblez fou de joie, prenez place entre le président rwandais et Jean-Yves Le Drian, qui fait une tête d'enterrement. Il s'était déjà endormi pendant l'échange estudiantin à Tumba.

Deux heures plus tard, votre voiture vous attend devant l'entrée alors que je fume aux côtés d'Anne-Sophie et Alice, vous me jetez un regard abattu de fatigue. Anne-Sophie se tourne vers moi, *attention, il va te piquer une cigarette !*

Mais non, vous n'avez pas le temps.

***

Cinq heures après l'issue du match, décollage pour Johannesburg. Vingt et un coups de canon célèbrent votre arrivée dans une fumée bleue, je vous vois sursauter, en même temps que le reste de la délégation.

Tout au long de la journée, vous reprendrez le terme sud-africain *hapo*, signifiant

« le rêve que l'on rêve ensemble, celui qui n'existe que parce qu'il est collectif ».

En atterrissant à Paris, je lance à la cantonade, *qui veut profiter de mon taxi ?* Un homme d'une trentaine d'années m'emboîte le pas. Il est l'un des cuisiniers de l'Élysée, a fait le voyage avec vous, emportant tous les aliments nécessaires depuis la France jusqu'aux deux pays africains que nous avons traversés. Il précise, *tout est fermé à clef, mis sous scellés, nous ne pouvons pas prendre le risque que le président soit malade*. Je le dépose quai Branly, au bas de l'appartement de fonction qu'il occupe, accompagne notre au revoir d'un *reposez-vous bien !* Il me sourit, *moi, ça ira, mais le président, eh bien, il recommence dans quelques heures. J'ai vu passer le menu d'un déjeuner de réception aujourd'hui*.

Il est six heures du matin, le jour point. Nous sommes dimanche.

Brioche

Flan de légumes – aubergines, artichauts, tomates – bœuf en croûte, pommes de terre dorées, boules de chocolat glacé, tartelette aux fraises des bois et framboises, tu bois du vin blanc pendant que la jeune femme qui nous sert détaille le vignoble qu'elle a visité.

Nous déjeunons dans le salon des Ambassadeurs, ayant traversé pour l'atteindre le salon des Portraits, dans lequel une immense table ronde est dressée de deux couverts, l'un face à l'autre. Sur la nappe blanche, des cartes de vélin ivoire portent les noms du président français et de son homologue togolais, d'une encre sombre, stylo à plume, lettres italiques.

Quelques instants plus tôt, tu t'es assuré que ton amoureux ait un moment de solitude avant sa réception officielle, intercédant pour ce faire auprès d'un homme en livrée dans le vestibule, *P., s'il vous plaît, je vais faire croire au président que son invité est arrivé pour le libérer de son entretien avec son conseiller. Il doit avoir un moment tranquille, ne lui dites pas que c'est faux.* Tu disparais, reviens.

Tandis que nous sommes à table, le chef de l'État fait irruption.

Je suis venu voir Gaël à laquelle je n'ai pas consacré un moment, comment vas-tu ?

J'éclate de rire, *très bien, j'écris actuellement un livre sur un sujet qui me passionne !*

Aucun commentaire. Il dissimule un sourire gêné, se tourne vers toi avant de sortir.

Je voulais te dire que le prince Philip vient de mourir, c'est bien triste.

Quelques jours plus tard, tu me confieras avoir reçu un mot *bouleversant de gentillesse* du prince Charles, en réponse à votre missive.

Tu entames la conversation sur les vaccins – *les gens ont peur de l'AstraZeneca mais tout vaccin porte son lot d'effets secondaires* –, poursuis sur l'envie de nature, de t'échapper. Tu enchaînes sur Michou, que tu connaissais bien, *il était originaire d'Amiens, quand j'étais petite, il venait dans les boutiques de chocolats de mes parents et donnait des pourboires aux vendeuses, personne ne faisait cela*. Touchée par sa disparition, tu relates ta visite en réanimation lorsqu'il était malade et les retrouvailles chez lui, dans ses dernières heures, pour boire du champagne en plein après-midi. Tu lui conseilles alors d'aller se requinquer au vert, tu mimes la scène en faisant le pitre, *alors là, il a soulevé son masque à oxygène et il a répondu, « beurk la campagne, je veux bien aller à Saint-Tropez seulement ! »*.

Tu redeviens sérieuse, le président vient d'annoncer la fermeture de l'ENA.

Moi, j'aime l'ENA, j'y suis attachée. Emmanuel, lui, il regarde devant. C'est une formation riche, intéressante, Emmanuel a appris beaucoup quand il est parti en Afrique. Le problème, c'est les corps de sortie et le classement, ça immobilise beaucoup. Emmanuel ne voulait pas forcément faire l'Inspection des finances, mais comme il est sorti dans la botte, eh bien voilà, c'était l'Inspection.

Le repas se termine à la hâte, tu t'échappes en courant visiter une maison pour handicapés, grimpes en voiture dans la courette mitoyenne à la rue de l'Élysée.

Ecchymoses

Elle s'appelle Céline, elle n'a pas d'âge, trente ans, peut-être moins, quarante ans, peut-être plus. Elle se tient droite, son corps comme une allumette, ses cuisses font la taille de mes poignets, ses hanches, celle de mes genoux. Elle porte une robe fleurie, en transparence, d'une longueur à mi-mollets, des collants bordeaux et de minuscules tennis bariolées étroitement serrées de lacets blancs, pour tenir ses pieds fins, ne pas les casser. Lorsqu'elle est assise, Céline peut croiser deux fois l'une de ses jambes autour de l'autre. Ses mains longues, osseuses, font apparaître les veines gonflées, à fleur de peau, d'un bleu violacé, comme sur ses tempes, son front, ses joues, son décolleté. Son attitude déterminée, victorieuse, accompagne sa voix, ce timbre affirmé si dissocié de son apparence, ce volontarisme si puissant que les dix personnes qui l'entourent se taisent. Ses cheveux châtains sont attachés, une paire de lunettes de vue, pour enfant sans doute, couvre son visage plus expressif qu'un clown au cirque Romanès. De temps à autre, lorsque les sujets se font douloureux, son dos se voûte, ses épaules dessinent une virgule inclinée de part et d'autre de son sternum, puis elle te regarde, soutient tes billes bleues, comme si tu étais l'autre partie de sa conscience, repositionne alors sa colonne vers l'arrière, dépose une à une ses vertèbres sur le dossier de sa chaise.

Elle s'appelle Céline Gréco, dirige le service de soins palliatifs pédiatriques à l'hôpital Necker, commence par s'excuser, *pardon, je suis arrivée en retard, j'étais avec une petite fille de onze ans qui voulait se défenestrer, elle ne boit plus, ne mange plus depuis des jours, a méticuleusement élaboré son suicide, alors je suis restée auprès d'elle, le temps de la convaincre de demeurer auprès de nous… C'est un orthopédiste qui nous l'a adressée. Elle était venue plusieurs fois, se plaignait de bruits de pas imaginaires sur le parquet, de douleurs aux poignets. Mécaniquement, elle n'avait rien. Il a fallu un certain nombre de consultations pour qu'elle parle, qu'elle finisse par dire en saignant du nez, « mon papa me serre les poignets et m'étrangle pendant qu'il est sur moi, mais avant cela, j'entends ses talons dans le couloir ». J'ai reçu les parents, et pendant qu'elle expliquait le scénario précis de sa disparition, son père enlevait un à un les poils de chat collés sur le jogging de sa fille, sans se soucier d'autre chose que du nettoyage en cours.*

Tu accuses le coup, *merci, Céline, c'est bien que nous ayons tous à l'esprit une réalité que nous ne connaissons pas*. Nous sommes au premier étage de l'hôpital Robert-Debré, dans une salle de réunion gris souris. Autour de toi, les dix médecins, chefs de service, directeurs d'hôpitaux, Martin Hirsch et compagnie, font des têtes de coings. Tu renchéris, *Céline, avez-vous d'autres cas compliqués actuellement ?*

Céline porte le projet PACTES enfance, déployé dans sept hôpitaux hexagonaux à travers des équipes mobiles chargées de repérer la maltraitance infantile. Il a été financé grâce à la récolte des Pièces jaunes.

En doublant l'élastique de sa queue-de-cheval, Céline reprend, *des cas de maltraitance, on en a tous les jours, souvent ils viennent d'autres services, la traumatologie, la gynécologie, chaque spécialité médicale a une expression de la maltraitance. En ce moment, je suis également une adolescente de quinze ans qui dit avoir mal aux genoux, marche avec des béquilles, alors que l'examen clinique ne révèle aucune défaillance. Elle m'a confié que depuis qu'elle a des béquilles, son père ne la frappe plus, elle a trouvé un dérivatif.*

Céline attrape toute la lumière, toute l'attention, toute la parole qu'on veut bien lui donner, du haut de sa morphologie de petite fille. Plus tard, tu me diras d'un air ravi, *Céline m'a mis le grappin dessus et ensuite elle ne m'a plus lâchée !*

Céline Gréco s'appelle aussi Céline Raphaël, de son nom de plume. Dans son livre *La Démesure*, elle raconte son histoire d'enfant battue quotidiennement, privée de nourriture par son père, assignée au piano quarante-cinq heures par semaine. Elle détaille ce père PDG, notable respecté qui, rentrant le soir à la maison, lui demande de baisser son pantalon et sa culotte, de lui tourner le dos, de se pencher en avant, de ne pas crier sous les coups, la traînant de pièce en pièce par les cheveux, l'obligeant à ingurgiter des détritus à même le sol. À quatorze ans, elle est sauvée par une infirmière scolaire, puis retirée à ses parents, ballottée, placée d'hôpital en famille d'accueil, de famille en foyer, de foyer en centre. Plus tard, elle entame des études de médecine. Les soins palliatifs répondent à son souhait de *traiter des personnes, pas des pathologies*.

Tu opères un tour de table, demande à chacun si les confinements ont augmenté le nombre de violences, maltraitances, tentatives de suicide. Tous répondent un *oui* navré et général, *on est à plus de 40 % de signalements en post-confinement*. Céline, *si j'avais été confinée dans mon enfance, je me serais jetée par la fenêtre*. Elle parle de la Suède, qui a interdit tout châtiment corporel, de la paralysie de certains soignants face à la maltraitance, *ils sont là pour soigner, c'est parfois insurmontable*, tu enchaînes, *il faudrait étendre votre activité aux enseignants, est-ce que les directeurs de lycée et les proviseurs pourront aussi vous appeler ?*

Tu sondes chacun sur le type de solution à adopter pendant que nous changeons de bâtiment, rejoignant le service de pédiatrie générale.

Ta main sur l'épaule de la psychologue hospitalière, *ça se passe comment en ce moment ?*
– C'est dur, très dur, on gère les enfants mais on fait forcément de l'adulte aussi.

Dans une chambre, un bébé d'un mois est recroquevillé au creux des bras d'une infirmière, son jumeau vient de regagner le domicile parental, tu t'approches du nourrisson, lui parles doucement, *tu vas bientôt rentrer à la maison, ça va aller*.

Une chambre à deux lits, tu toques à la porte grande ouverte, demandes si tu peux entrer, *quel âge as-tu ? Onze ans ? C'est pas possible ! Mais on croirait que tu es en seconde tellement tu es grande !* Tu t'assieds sur le lit, près de l'enfant allongée sous une couverture, *comment te sens-tu ?*

— Pas très bien parce qu'on ne sait pas ce que j'ai.

— Ils vont trouver ce que tu as, ne t'inquiète pas, tu es formidablement suivie. Que veux-tu faire plus tard ?

— Je veux être juge ou avocate.

— Tu as bien raison, à mon avis, tu sais argumenter !

Puis embrassant parents et enfants d'un regard maternel, *prenez soin de vous et bonjour de la part du président, il m'a dit de saluer tous les malades pour lui.*

« Minuit. Je ne trouve pas le sommeil, lis et relis cette phrase de Maeterlinck que m'a envoyée un ami auquel je confiais les affres de mes scrupules, « Si la trahison n'a pas accru la simplicité, la confiance plus haute, l'étendue de l'amour, on vous aura trahi bien inutilement, et vous pourrez vous dire qu'il n'est rien arrivé. »

Sur ma table de nuit, mon téléphone s'allume et s'éteint au rythme d'un appel. « BAM » s'inscrit en lettres majuscules, c'est ainsi que je t'ai surnommée dans mon répertoire, à ta demande. En cas de perte, de vol, aucun indiscret ne pourrait imaginer qui se cache derrière ce code secret.

J'enfile un peignoir, m'allonge sur mon canapé, grille une Marlboro, retourne l'appel manqué, *je suis seule, mes filles dorment, ça va, vous tenez le coup ?*

Le président vient de s'engager sur un calendrier de vaccination et d'ouverture des lieux publics qui fait frémir son entourage. Ses conseillers craignent qu'il ne puisse tenir les dates, mettant à mal l'hypothèse d'une nouvelle candidature.

Dans le combiné, ta respiration rythme tes pas sur un parquet sonore, *oh tu sais… Tout ira bien tant qu'on est tous les deux.*

Ta déambulation s'interrompt. *On a eu beaucoup de chance de tomber l'un sur l'autre, notre fusion s'est opérée dès le premier jour, comme une évidence. Les gens ne comprennent pas, parce que la société est individualiste, mais le couple, ça ne casse pas l'individualité, ça la renforce, ça la respecte. Mes parents étaient pareils, moi ça me barbait quand j'étais petite. Ils s'aimaient tant que ma mère a eu des problèmes de santé dès que mon père a disparu.*

Je rebondis, *mais vous deux, c'est encore autre chose.*

Retrouvant un souffle serein, tu inspires longuement.

Des couples qui ont notre histoire, notre trajet, tout ce que nous avons traversé… Oui, il n'y en a peut-être pas beaucoup.

FIN

Table

I

II

III

13510

Composition
NORD COMPO

Achevé d'imprimer en Espagne
par BLACK PRINT
le 23 février 2022

Dépôt légal mars 2022
EAN 9782290377796
OTP L21EPLN003342N001

ÉDITIONS J'AI LU
87, quai Panhard-et-Levassor, 75013 Paris
Diffusion France et étranger : Flammarion